Der Duft nach Sägemehl

JULA LANGHIRT

Der Duft nach Sägemehl

Roman

Jula Langhirt
geboren 1961 in Saarbrücken,
schreibt Geschichten, mit Hingabe und großem Gefühl.

Der Duft nach Sägemehl
ist ihr drittes Werk.
Die Amulette erschien 2015
Tanya tanzt Tango 2016
alle erschienen bei BoD

Bibliografische Information der Deutschen Nationalbibliothek:
Die Deutsche Nationalbibliothek verzeichnet diese Publikation
in der Deutschen Nationalbibliografie; detaillierte bibliografische
Daten sind im Internet über http://dnb.dnb.de abrufbar.

© 2019 Jula Langhirt
Satz, Umschlaggestaltung, Herstellung und Verlag:
BoD – Books on Demand, Norderstedt

ISBN: 978-3-7504-7274-7

Prolog

Der »*November-Blues*« hat mich voll erwischt.

Dieser Begriff kommt nicht von ungefähr. »Blues« ist eine Form der Musik, die von traurigen Themen handelt.

»I've got the Blues« heißt »Ich bin traurig«. Daher ist meine Lieblingsplatte an jenen Tagen »*Blues for a rotten afternoon*« aus dem Jahr 2000. Ganz zufällig habe ich die CD in einem Laden fernab der Einkaufsmeile in Hamburg gefunden. Irgendwie passte damals die Musik zum Wetter. Unser Urlaub war regelrecht ins Wasser gefallen. Auf der Suche nach einem trockenen Plätzchen, in einem erneuten unwetterartigen Platzregen, fanden wir Zuflucht in diesem Plattengeschäft.

Das Cover, mit der im Regen stehenden Frau im langen Kleid und dem übergroßen roten Schirm, sprang mir unter der Rubrik »Blues« sofort ins Auge. Nicht nur, dass es einem alten schwarzweißen Polaroidbild gleicht, auch der dezente Schriftzug gefiel mir. Dreizehn verschiedene Interpreten, deren Namen mir bis heute noch nichts sagen, sorgen für eine Stunde traurige Musik.

Die Tage werden kürzer, die Abende dafür länger. Es ist November geworden. Je dunkler die Tage desto trüber ist die Stimmung. Wenn Licht fehlt, geht die Laune in den Keller. Die Jahreszeiten und das Wetter lassen sich nicht ändern, aber man kann den Stimmungstiefen entfliehen. Jeder auf seine Art und Weise.

Gelegentlich ziehe ich es vor, an solchen Seelentagen erst einmal frische Luft bei einem ausgedehnten Waldspaziergang zu tanken. Dabei begleitet mich unser Cockerspaniel *Bodo*. Er freut sich bei jedem Wetter mit mir durch den Wald und über die Wiesen zu streifen. Mich kostet es jedoch ziemliche Überwindung, besonders heute. Eigentlich würde ich viel lieber vor dem Fernseher sitzen, um mir eine olle Kamelle anzusehen, so richtig warm in den alten Ohrensessel eingepackt.

*

Blandine schleicht auf Zehenspitzen zur Tür, drückt vorsichtig die Klinke nach unten, dass sie nicht wie sonst quietscht, dreht sich noch einmal um, um dann, so schnell wie möglich, das Zimmer der Seniorenresidenz zu verlassen.

Hier besucht sie seit fünfundzwanzig Jahren jeden zweiten Donnerstag gegen 15 Uhr ihre Tante. Während der halben Stunde Anfahrt überlegt Blandine sich stets, was sie der neunundachtzigjährigen Dame erzählen soll.

Tante *Pauline* ist die letzte noch lebende Schwester ihrer bereits verstorbenen Mutter. Sie war nie verheiratet, hatte wenig Freunde und ging ganz in ihrer Selbständigkeit als Kürschnerin auf. Das kleine schnuckelige Hutgeschäft wurde von ihr jahrzehntelang geführt, bis alle alten Häuser am Hauptmarkt in *Bistelle* dem Bau eines großen Einkaufspalastes weichen mussten. Paulines Existenz und Lebensinhalt waren schlagartig weg. Sie hatte zwar lange gegen das städtische Vorhaben gekämpft, leider ohne Erfolg. Wenigstens zahlte man ihr eine hohe Entschädigung für den Baugrund und eine zusätzliche monatliche Rente auf Lebenszeit.

Dies war für sie das Kapital, um sich einen Platz in dem noblen Heim zu sichern. Ihre neue Adresse lautete fortan *Seniorenresidenz Am Lulustein*.

Wo sollte und wollte sie auch sonst hin? Das Geschäft, ihre treuen Stammkunden, die ihre Kreativität so schätzten, waren ihr Leben. In all den Jahren war sie allein die Chefin. Eine Angestellte wollte Pauline nicht. Wenn sie mal krank war, blieb der Laden für einen, höchstens zwei Tage geschlossen.

Reich geworden ist Pauline nicht. Sie hatte ihr Auskommen und kann sich diesen Luxus leisten. Ihre Möbel aus der alten Wohnung passten gut in das kleine Appartement ohne Küche. Von dem ein oder anderen lieb gewordenen Gegenstand musste sie sich dennoch trennen. So landeten Stehlampe, diverse Koffer und Werkzeugkisten auf Blandines Dachboden.

Trotz ihres hohen Alters ist sie weder krank noch senil. Sie hat niemanden. Ihre Nichte Blandine ist die einzige Anverwandte.

Heute möchte Blandine sofort nach Hause. Das Gespräch mit Tante Pauline war ungewöhnlich und hat sie total verwirrt. Die Seniorin war nach zwei Stunden nervlich am Ende. Sie bat Blandine sogar zu gehen, sie sei nun müde und müsse schlafen.

Auf dem langen Korridor trifft Blandine die Betreuerin von Pauline.

»Frau *Schmeer*, ich glaube, Sie müssen nachher noch mal nach meiner Tante schauen. Sie hat mir soeben etwas erzählt, was sie sehr bewegt und ermüdet hat. So etwas habe ich noch nie an ihr erlebt. Sie hat sich richtig in etwas hineingesteigert. Nun hat sie mich einfach nach Hause geschickt. Mitten im Gespräch!«

»Ich gehe gleich zu ihr, Frau *Schmitt*, machen Sie sich keine Sorgen. Ich beobachte schon seit Montag, dass sie sich auf ein Gespräch mit Ihnen vorbereitet. Sie führt Selbstgespräche und macht sich Notizen, die sie dann wieder in den Mülleimer wirft. Ich habe sie auf ihr Verhalten angesprochen, doch leider nur ein

›Alte Geschichten‹ von ihr zur Antwort bekommen.«

»Ja. In der Tat, so könnte man das bezeichnen, was sie mir erzählt hat. Ich muss das jetzt erst einmal selbst verarbeiten und sortieren. Erst glaubte ich, sie erzähle wirres Zeug. Das hat sie jedoch noch nie getan. Sie ist sonst viel zu ernst. Tante Pauline ist doch eigentlich ganz klar im Kopf. Vielen Dank. Ich will nur noch heim. Tschüss.«

Blandine rennt, trotz hoher Absätze, über das Kopfsteinpflaster zu ihrem Auto. Sie lässt sich in den Sitz fallen, reißt das Verdeck des Cabrios auf.

Erst einmal einige Minuten in den blauen Junihimmel starren. Erst einmal klare Gedanken fassen.

Nach unendlichen Minuten startet Blandine den Mini, um, wie in Trance, die kurvenreiche Schotterpiste bis zur Schnellstraße hinabzurollen. Inzwischen rücken die Zeiger der Uhr auf 18 Uhr vor.

Mein Gott, wo ist die Zeit geblieben?, denkt sie, während sie das Auto in den fließenden Verkehr einfädelt. *Magnus* wird sicherlich schon auf mich warten. Ach Magnus, ich bin froh, dich an meiner Seite zu haben. Und das schon seit dreiunddreißig Jahren.

Wir haben einen gut geratenen Sohn, eine freundliche Schwiegertochter und unser ganzer Stolz, die vierjährigen Zwillinge *Lars und Jan*. Im Vergleich zu Pauline habe ich eine tolle Familie mit allem, was dazu gehört.

Ich, Blandine Schmitt, *geborene Schmidt*, bin achtund-
fünfzig Jahre alt. Meinen Beruf als Kindergärtnerin übe ich
seit der Geburt unseres Sohnes nicht mehr aus. Hausfrau
und Mutter reichten mir erst einmal. Magnus' Gehalt als
Oberamtsrat ernährt uns gut, sogar die ein oder andere
Urlaubsreise können wir uns leisten. Die ganze Familie
wohnt zusammen in dem alten, ehemaligen Forsthaus,
etwas außerhalb der Kleinstadt *Bistelle*. Das Haus stand
in den 1990er Jahren geraume Zeit leer und drohte zu ver-
wahrlosen. Jedes Mal, wenn der tägliche Spaziergang mit
dem Hund sie daran vorbeiführte, träumte sie, das Haus
einmal erwerben zu können. Aber wie? Dann kam Magnus
eines Tages mit der guten Nachricht nach Hause, dass die
Landesforstverwaltung das Anwesen inklusive des riesigen
Pflanzgartens verkaufen möchte. Er habe schon mal zart
nach dem Kaufpreis gefragt. Sie mussten sich zwar noch
eine ganze Stange Geld für den Erwerb und die Sanierung
leihen, haben den Entschluss jedoch bis heute nicht bereut.
Sie legten bei vielen Arbeiten selbst Hand an. Nur an Elek-
tro- und Sanitärinstallationen sowie Fenster- und Boden-
bau leisteten sie handwerkliche Hilfe. Das Dach blieb so,
wie es war, ebenso die Wände.

Nach dem Krieg hatte der Staat solide Bauten für seine
Forstleute errichtet.

Im Erdgeschoss war einst das Büro, es hatte einen großen Besprechungsraum, eine Sanitäranlage und einen
Lagerraum für Akten. In den oberen vier großen Zimmern schliefen Gastarbeiter aus Spanien und Italien. Alle
Räume hatten eine Tür zum Balkon. Dieser verläuft heute,
wie damals rund um das Haus. Mit dem tief gezogenen
Dach wirkt das Anwesen wie ein *Schwarzwaldhaus*. Heute

schmücken im Sommer hellrote Hängegeranien das Geländer.

Der Keller ist so geblieben wie einst gebaut. Im Parterre, dem ehemaligen Verwaltungskomplex, befinden sich heute die Küche mit Essecke, das Wohnzimmer mit dem großen offenen Kamin und die Gästetoilette. Die nach oben führende Holztreppe, deren Stufen ihren eigenen Klang beim Betreten abgeben, ist auch noch aus alter Zeit. Die einzelnen Zimmer sind im Grundriss erhalten geblieben, nur das Badezimmer wurde nach dem Geschmack der neuen Hausherren verändert. Der Einstieg auf den Dachboden wurde durch eine einklappbare, stabilere und leichtere Aluleiter bequemer als die Holzleiter, welche man mitten im Flur frei aufstellen musste.

Die ehemalige forstwirtschaftlich genutzte Lagerhalle neben dem Haus wird heute als Großraumgarage für den Schmitt'schen Fuhrpark und Abstellfläche für alles Mögliche genutzt. Magnus und Blandines ganzer Stolz ist der große Garten rund um das Anwesen.

Der einstige Pflanzgarten hinterließ deutlich seine Spuren. Es waren viele kleine Sämlinge stehen geblieben und haben sich so im Laufe der Zeit zu einem dichten, üppigen, fast undurchdringbaren Wald entwickelt. Magnus kämpfte fast ein ganzes Jahr mit Motorsäge und Minibagger, bis kein Aufwuchs mehr zu sehen war. Selbst das Wurzelwerk entfernte er. Gleichzeitig hatte er für den offenen Kamin sein erstes selbst geerntetes Feuerholz.

Die Arbeit war für ihn erst sehr ungewohnt und mit vielen Rückenschmerzen verbunden. Doch er gab nicht auf. Im Gegenteil, er fühlte sich nach jeder Woche motivierter denn je. Tonnenweise wurde bester Mutterboden angeliefert, um dem Traum von einem Bauerngarten die richtige Grundlage zu geben.

Aus unzähligen Gartenbüchern suchte er Empfehlungen, an die er glaubte und im Laufe der Jahre umzusetzen pflegte. Blandines Begeisterung war in der ersten Zeit nur den wachsenden Blumenbeeten gewidmet. Sie erntete täglich frische Sträuße, während Magnus sich als Gemüsebauer betätigte. Die ganze Familie konnte übers Jahr von seinen Erträgen leben.

Auf einem Bauernmarkt kauften die beiden unzählige verschiedene Tomatensorten und frische Kräuter. Es waren zu viele, um alle auf einmal essen zu können. Kurzum beschlossen sie, den Samen der Tomaten zu ernten, um ihn im folgenden Jahr auszusäen. Dafür wurde ein Gewächshaus angeschafft. Kein kleines, sondern mit einer Länge von acht Metern und einer Breite von fünf Metern.

Das Paradies der beiden war geschaffen. Magnus' neue Leidenschaft war der Anbau von Tomaten. Blandine hingegen übte sich in der Kultur von Kräutern unterschiedlichster Art. Magnus war das Gewächshaus heilig, seiner Frau das neu errichtete Trockenhäuschen. Blandines Kräutermischungen fanden immer mehr Abnehmer, erst nur im Freundeskreis, später kauften auch Marktleute ihr die frische Ware ab.

*

Magnus sitzt auf der Bank, die sie vor einigen Jahren aus einer Laune heraus rund um die uralte Platane im Hof gebaut haben. Der Baum spendet ihnen an heißen Sommertagen mit seinem übergroßem Blätterkleid herrlichen

Schatten. Neben ihm zur linken Seite steht ein mit Apfelschorle gefülltes großes Glas, rechts hat sich *Mieze* an ihn geschmiegt. Sie ist das jüngste Familienmitglied der Schmitts. Vor etwa drei Wochen war sie einfach da, zugelaufen und sofort anhänglich. Das Tier ist weder geschippt noch trägt es ein Halsband. Blandine rollt das Cabrio leise an den beiden vorbei in die offen stehende Garage. Magnus nickt ihr wohlwollend zu.

»Du warst heute aber lange bei Tante Pauline«, begrüßt er sie, während er sie mit einer typischen Handbewegung zum Sitzen neben ihm auffordert.

Blandine folgt der netten Geste, greift aber auch sogleich zu Magnus' Schorle, um einen großen Schluck zu nehmen. Erst dann antwortet sie ihm: »Ja und nein. Tante Pauline hat mich nach Hause geschickt. Ich sollte gehen.«

»Wieso das denn? Sie freut sich doch immer, wenn du kommst und ihr euch Geschichten erzählen könnt.«

»Schon, aber heute war sie ganz anders. Total durch den Wind. Nun bin ich es auch, nachdem sie mir diese Geschichte erzählt hat. Erzählt ist zu milde ausgedrückt, gebeichtet passt eher.«

»Hat sie dir etwa die Geschichte von dem Menschenfresser aus Bistelle erzählt? Die hat sie mir neulich am Telefon geschildert. Hab ich dir das nicht gesagt?«

»Nein, aber wenn du willst, kannst du mir sie jetzt erzählen, bevor ich dir Paulines bislang gehütetes Geheimnis anvertraue. Ich muss jetzt erst einmal meine Gefühle sortieren. Also erzähl mir was, ich hör dir einfach zu.«

*

Magnus holt tief Luft, dann räuspert er sich, wie jedes Mal, wenn er vorhat, länger zu reden.

»Also, du kennst doch die niedliche, kleine Kapelle gegenüber dem neuen Sportplatz?«

Blandine nickt nur, wobei sie ganz konzentriert auf ihre nackten Füße schaut. Sie ist froh, sich den engen Schuhen entledigen zu können. Dabei bewegt sie die Zehen wie die Finger beim Schreibmaschineschreiben.

»Dort soll so ungefähr vor fünfhundert Jahren ein Menschenfresser im Wald gelebt haben, direkt hinter der Kapelle in einer kleinen Höhle. Die ist heute noch sichtbar. Neulich habe ich beim Spaziergang mit dem Hund mal im Gestrüpp nach dem Eingang gesucht. Er ist hinter hohen Hecken versteckt. Man muss schon ein wenig suchen.«

»Bist du etwa da reingegangen?«

»Nein. Dafür benötige ich schon eine Säge, um den Eingang frei zu schneiden. Pauline sagte, dort habe der Schurke sich vorwiegend von Kindern ernährt, die er unter dem Vorwand in den Wald lockte, ihnen seine jungen Kätzchen zu zeigen.«

»Klingt wie bei Hänsel und Gretel.«

»Ja. So hört es sich an. Doch die Geschichte soll wahr sein, da Pauline sie so in der Festschrift anlässlich der 750-jährigen Chronik von Bistelle im Jahr 1970 niedergeschrieben hat.«

»Wir sind mit unserem Sohn auch dort langgegangen«, sagt Blandine entrüstet.

»Nicht nur wir. Ich glaube, alle unsere Vorfahren, ach, was soll ich sagen, alle Bürger aus Bistelle gehen an dieser

Höhle vorbei. Nur wissen sie nicht, was sich da im Gebüsch zugetragen hatte.«

»Aber warum steht ausgerechnet dort eine Kapelle. Die stammt bestimmt nicht aus dieser Zeit.«

»Nein, nein. Bestimmt nicht. Die wurde erst in den zwanziger Jahren des letzten Jahrhunderts errichtet. Ein reicher Kohlenhändler namens *Benedikt Dausent* hat sie als Wallfahrtsstätte der Kirche gestiftet, da seine Gebete erhört wurden. Er wünschte sich unbedingt nach sieben Mädchen endlich einen Stammhalter, der das Unternehmen weiterführen sollte.«

»Du spinnst!«, kommentiert Blandine.

»Keineswegs. Der Bau der Kapelle ist mit einem Grundstein und Jahreszahl widerlegt. Auch die Dankestäfelchen von Dausent sind heute noch erhalten. Warst du noch nie in der Kapelle?«

Blandine reagiert mit einem tiefen Seufzer und einem Kopfschütteln.

»Meinst du nicht, dass sich da jemand einfach eine gute Story ausgedacht hat?«

»Das habe ich Pauline auch gefragt. Doch sie sagte, dass man bei dem Bau der Kapelle Knochen gefunden hatte. Und zwar ausschließlich Überreste von Kindern.«

»Ihh, das ist nun aber wirklich schauerlich. Haben die wirklich die Knochen näher untersucht?«

»Wahrscheinlich.«

»Vielleicht war der Fund auch eine Grabstätte verstorbener Kinder? Die Rate der Kindersterblichkeit war doch in damaligen Zeiten sehr hoch.

Auch Totgeburten und ungewollte Schwangerschaften waren Usus. Dann haben die Leute ihre toten Kinder einfach im Wald vergraben und den Menschenfresser erfunden. Vielleicht haben sie so ihr Gewissen reingewaschen und sind vor Gottes Frevel geflohen?«

Es folgt ein Moment des Schweigens.

Magnus gönnt sich einen Schluck Schorle.

Dabei schaut er seiner Frau tief in die Augen. Blandine lächelt ihn an, nimmt zärtlich seine Hände.

Führt sie dann zu ihrem Mund, um sie zu liebkosen.

Er lässt es mit einem gekonnten Augenaufschlag zu.

»Apropos ungewollte Schwangerschaften. Das ist das Stichwort, dir etwas von Tante Pauline zu erzählen. Es wird deine Geschichte toppen. Sollen wir uns nicht noch einen weiteren kühlen Schluck aus dem Haus holen, bevor ich das wiedergebe, was mich die ganze Zeit so sehr bewegt?«

»Das machen wir.«

*

»Pauline hat mir heute ein Familiengeheimnis verraten. Bislang hat sie noch nie mit jemanden darüber gesprochen.«

»Mit wem auch? Sie hat doch nur noch uns. Deine Eltern sind schon lange verstorben, Kinder hat sie keine. Also wem, außer dir, soll sie etwas Familiäres erzählen?«

»Ja. Das stimmt. Kannst du mir bitte noch meine Füße etwas massieren? Die schmerzen höllisch.«

Blandine legt die Beine in Magnus' Schoß. Er beginnt sogleich in geübter Technik, ihre rot lackierten Zehen zu kneten und zu verbiegen. Sie liebt und genießt es.

»Ich weiß gar nicht, wie ich anfangen soll. Schon gleich bei unserer Begrüßung wirkte Pauline heute Nachmittag nervös und aufgewühlt. Sie drückte mich ganz fest an sich, strich mir mit ihren alten knöchernen, dünnen Fingern über die Wangen und küsste mich mehrmals auf die Stirn. Dann sprach sie mit Tränen in den Augen, dass es nun Zeit sei, reinen Tisch mit sich und der Welt zu machen. Ich ließ alles mit mir geschehen. Sie klammerte sich richtig an mich.

So konnte ich uns ganz zart auf das Sofa hinbewegen. Dort ließen wir uns, immer noch eng umschlungen, nieder.«

Sie schluchzte: ›Meine Liebe, mein Herz, du bist die Einzige, die mir noch geblieben ist. Ich will und muss dir nun endlich das Familiengeheimnis anvertrauen, damit ich, nach so vielen Jahren des Schweigens, endlich zur Ruhe komme und letztlich meinen Frieden machen kann.

Ich bin alt. Zu alt, wenn auch noch fit im Kopf, aber auch meine Stunden sind gezählt. Was ich nun sage, ist die reine Wahrheit, kein Märchen, keine Lüge, sondern bittere Tatsache. Es wird sich für dich anhören wie ein billiger Groschenroman.

Unser beider Leben verdanken wir einem uns unbekannten Mann aus einem Dorf in der Nähe von *St. Vith*.‹

›Wie meinst du das? Welcher Mann? Ich kannte meinen Großvater *Johann* doch. Also der Vater von dir und Mama. Er ist zwar schon in den 1970er Jahren verstorben, aber ich kann mich noch ganz gut an den Duft seiner Pfeife erinnern. Das roch süßlich und exotisch zugleich. Ich liebte es, wenn er mich einqualmte und mir dabei leise schöne Geschichten aus seinem Beruf als Lokomotivführer erzählte.‹

›Nein, ja, nein! Johann war zwar unser Vater, aber nicht unser Erzeuger. Er war gut zu uns, ohne Zweifel. Einen liebevolleren Vater als Johann hätten wir nicht haben können. Aber er war nicht unser biologischer Vater, sondern nur unser Ernährer, der Versorger, der Ehemann unserer Mutter. Verstehst du, was ich dir sagen will?‹ Pauline hatte zu weinen aufgehört.

Sie saß nun kerzengerade neben mir und spielte mit den Klöppeln der Tischdecke vor uns.

Du kennst die weiße, runde Decke, Magnus. Mama hatte die gleiche. Ich habe als Kind auch immer daran gezogen und Zöpfe geflochten. Heute liegt sie ganz tief unten im Wäscheschrank, hat überall Fäden raushängen und ist für mich nur noch eine Erinnerung an Mama. Ich konnte bis dahin nicht verstehen, was Pauline mir sagte.«

Mit leiser, zittriger Stimme fährt sie fort.

»›Ja, unsere Wurzeln liegen in Belgien. Genauer gesagt in Neubrück bei St. Vith und nicht wie du vielleicht annimmst in Bistelle. *Guda*, deine Großmutter, meine Mutter, war schon einmal verheiratet, bevor sie ihre zweite Ehe mit Johann einging. Er war viel jünger als Guda, fast zehn Jahre, hatte einen soliden Beruf, eine gesicherte Existenz und nach dem Verlust seiner Eltern während des Krieges einen eigenen Hausstand in Bistelle. Gudas erster Mann hieß *Luis Rois*. Er war der einzige Sohn eines Großgrundbesitzers. Seine Eltern besaßen zig Morgen Land und Wälder, die gemeinsam mit vielen Knechten und Mägden bewirtschaftet wurden. Das Stammholz aus dem Wald wurde in der eigenen Tischlerei zu Bauholz und Möbel verarbeitet. In den 1920er Jahren lebten die Rois wie ihr Name sagt: wie Könige. Ihren gesamten Besitz hatten sie sich durch die Gebietsreform 1919 angeeignet.

Bis zu diesem Zeitpunkt gehörte der Ort zu Deutschland. Danach wurde die deutschsprachige Region Walloniens dem belgischen Staat zugesprochen. Mama hatte nur geweint, als sie mir von den Rois erzählte, und sich immer wiederholt.‹

›Wann hat Oma Guda dir denn das erzählt?‹, wollte ich dann wissen.

›Tja, erst nach dem Tod deiner Mutter, meine Liebe. Ich glaube auch, dass *Lena,* deine Mutti, nichts davon wusste. Sie hätte bestimmt mit mir darüber gesprochen. So habe ich unsere Abstammung weiterhin für mich behalten. Doch nun glaube ich, dass es an der Zeit ist, darüber zu erzählen.‹

›Was war mit Luis und Guda passiert? Wieso hat Oma Johann geheiratet?‹, fragte ich Pauline.

Ach Magnus, was Tante Pauline mir dann schilderte, ist im Grunde ein Drama auf höchstem Niveau.

Dieser Luis Roi hatte Guda auf einer Hochzeit kennen und lieben gelernt. Sie fanden, füreinander bestimmt zu sein. Ein halbes Jahr nach ihrem ersten Aufeinandertreffen haben sie in St. Vith geheiratet. Das war 1926. Pauline erblickte im August 1929 und Mama im November 1934 das Licht der Welt.

Die kleine Familie bewohnte das Herrenhaus der Rois, umgeben von einem großen Park.

Luis' Eltern wie auch er erhofften sich einen Stammhalter. Pauline und Lena waren zwar als die süßen Mädchen in der Familie Rois geliebt, entsprachen jedoch nicht der traditionellen Nachfolgeregelung. Die Enttäuschung darüber sorgte immer wieder für Streit des Ehepaares. Von einer dritten Schwangerschaft nur aus dem Grund, endlich einen Jungen zu gebären, riet die Hebamme ab. Auf Druck der alten Rois reichte Luis 1936 die Scheidung ein. Guda litt sehr darunter, Mann, Haus und ihre Stellung in der Gesellschaft verloren zu haben. Einziger Trost war, dass sie ihre beiden Kinder zugesprochen bekam. Ferner erhielt sie eine stattliche, einmalige Abfindung unter der Bedingung, das inzwischen belgische Terrain zu verlassen und keinerlei weitere Ansprüche zu stellen. Oma Guda fand Arbeit im Haus von *Johann Hoffmann* in Bistelle. Lena und Pauline waren für den alleinstehenden Eisenbahner kein Problem.

Er liebte Kinder, wenn er auch selbst keine eigenen haben konnte. Es entwickelte sich im Laufe der Zeit erst eine Freundschaft, später eine Liebesbeziehung, die während des Krieges 1941 mit der Vermählung der beiden besiegelt wurde. Was sagst du dazu?«

Magnus drückt wie so oft am Tag, Zeige-, Mittel-, Ring- und kleinen Finger zur offenen Faust und reibt den ausgestreckten Daumen mehrmals dagegen.

»Ich kann das kaum glauben, nur weil kein Stammhalter geboren wurde, trennt man sich doch nicht.«
    »Die Geschichte geht noch weiter, das wird noch toller.«

*

Pauline steht auf, geht zu dem kleinen Sekretär und öffnet die oberste Schublade, um ihr eine kleine Zigarrenkiste zu entnehmen. Mit zittrigen Händen stellt sie das Teil auf die Klöppeldecke.
    »Hier habe ich uralte Fotos aus dieser Zeit in St. Vith.

Sie sind sehr vergilbt, sodass nicht mehr alles deutlich zu erkennen ist.«

Die Aufnahmen sind gerade mal circa acht mal sechs Zentimeter groß. Die Ränder sind wellenförmig oder leicht gezahnt. Das einstige Sepiabraun ist blass geworden. Manche Stellen sind ganz verblichen und lassen sowohl Personen als auch andere Bildelemente nur noch erahnen. Die Tischdecke ist komplett mit den Bildchen ausgelegt.

Paulines Finger gleiten liebevoll über verschiedene Porträts.

»Dies sind meine Eltern, Luis und Guda«, sagt sie unter tiefem Schluchzen. »Auf der Rückseite steht die Jahreszahl 1933. Deine Mutter war also noch gar nicht auf der Welt.

Sind sie nicht ein hübsches Paar?

So erhaben und stolz schauen sie aus. Findest du nicht auch?«

Sie erwartet keine Antwort von Blandine, sondern tippt auf das nächste Bildchen.

»Das bin ich und das kleine Mädchen an meiner Hand ist Guda. Hier sieht man etwas von unserem Haus und daneben die Fassade der Tischlerei. Der Mann mit Hut, der hier neben den Holzstämmen steht, ist Opa *Kilian,* daneben ist Oma *Yvette* 1930.«

Blandine nimmt das Foto in die Hände und betrachtet es genauer.

»Sie sehen irgendwie steif und herrschaftlich aus. Waren sie das?«

»Ich kann mich nicht daran erinnern. Das ist alles zu lange her.

Ich glaube aber, dass meine Mutter durch den ständigen Druck, endlich einen Stammhalter gebären zu müssen, sich immer mehr von ihnen distanzierte. Sonst hätte sie sicherlich der Trennung nicht zugestimmt.«

»Hast du nie mehr etwas von der Familie Luis gehört?«, will Blandine wissen.

»Nein. Mutter erwähnte unsere Vergangenheit nie.

Sie ignorierte ihr Vorleben. Dafür genoss sie später die Beziehung zu meinem Stiefvater Johann. Ich selbst habe alles aus der Zeit vergessen, bis ich vergangene Woche diesen Brief gefunden habe.«

Umständlich zieht Pauline ein Kuvert aus der Tiefe der Zigarrenkiste, um es Blandine zu übergeben. Ihre Nichte entnimmt dem kleinen braunen Briefumschlag eine handschriftlich eng geschriebene Karte.

»Soll ich vorlesen? Was ist das? Wer schreibt dir in solch einer Schrift?«

»Nein, brauchst du nicht. Ich habe mindestens zwanzigmal die Zeilen gelesen. Schau mal auf das Datum. 1962. Und ich habe ihn fünfundfünfzig Jahre später durch Zufall in dem Kistchen gefunden. Eigentlich wollte ich meinen Schrank etwas aufräumen. Dabei ist es mir in die Finger gefallen. Ich habe reingeschaut und wurde durch die Bilder an meine Kindheit erinnert.

Diesen Umschlag habe ich allerdings noch nie gesehen.

Kein Wunder, er klemmte richtig fest auf dem Kistenboden.

Darauf lagen die Bilder.«

Blandine setzt sich ihre Lesebrille auf. Langsam liest sie leise mit bebenden Lippen die Zeilen. Dann schiebt sie die schon etwas vergilbte, einfache Karte sehr konzentriert wieder zurück in den Umschlag und deponiert ihn neben den Bildern. Dazu legt sie ihre Brille und reibt sich die Augen.

»Ich kann das hier Geschilderte nicht verstehen. Du? Wer hat deiner Mutter diese traurigen Worte überhaupt geschrieben? Unterzeichnet ist nur mit *Toni*.«

»Ich kenne keinen Toni«, flüstert Pauline.

»Ein Absender ist weder auf der Karte noch auf dem Umschlag. Wurde er meiner Mutter persönlich übergeben? Oder wo kommt er überhaupt her? Ich habe keine Ahnung.«

»Mhm, stellt sich als Erstes die Frage: Ist Toni eine Frau oder ein Mann? Der Name ist sehr zweideutig. Lebt die Person noch? Könnte man vielleicht Kontakt aufnehmen? Fragen noch und nöcher kommen mir in den Sinn.«

»Ja. Darüber habe ich die letzten Tage auch nachgedacht. Doch ich habe keine Kraft mehr. Wenn du mehr in Erfahrung bringen willst, darfst du gerne Versuche starten, was hier wirklich dahintersteckt.

Ich bin zwar sehr neugierig, aber wie gesagt, ich bin zu schwach und auch zu alt. Außerdem wüsste ich gar nicht, wo ich beginnen sollte. Du bekommst in deiner Familie bestimmt tatkräftige Unterstützung und Vorschläge. Jetzt fahr bitte nach Hause, ich fühle mich nicht besonders wohl und möchte mich ein wenig ausruhen.«

*

Blandine stöhnt. Die Massage tut ihren strapazierten Füßen gut.

»Was hat denn Tante Pauline noch erzählt?«, will Magnus wissen.

Die Stimme seiner Frau wird zarter und zittriger.

»Erzählt hat sie dann weniger. Pauline hatte die Karte nie zuvor gesehen. Der Inhalt hat sie total irritiert und sie schlagartig zur Greisin gemacht.

So war mein Gefühl, als sie mich nach Hause schickte.«

Blandine gibt Magnus ein Zeichen, dass er nun aufhören soll. Abrupt stellt er seine Tätigkeit ein.

Sofort steht seine Frau auf, um Paulines *Briefumschlag* ihrer Tasche zu entnehmen. Auf ihren Wunsch durfte sie ihn an sich nehmen. Nun darf Magnus die wenigen Zeilen lesen und sich seine eigene Meinung zu der Geschichte machen. Er liest die Karte, wiegt sie in der Hand, bis er nach einer kurzen Denkpause seine Sprache wiederfindet.

Liebe Guda,
nun ist es an der Zeit, Dich nach Luis' Tod über das eigentliche Vermächtnis der Familie Roi in Kenntnis zu setzen. Meine Eltern waren beste Freunde der Rois. Auch sie besaßen große Ländereien, die später unter den Erben aufgeteilt werden sollten. Erbberechtigt waren zur damaligen Zeit nur die Söhne. Gab es keinen direkten Erben, wurde der gesamte Besitz kommissarisch dem belgischen Staat überschrieben. Nach der Geburt eines Sohnes in einer nachkommenden Generation soll alles wieder zurück an die Familie gegeben werden. Leider wurde das Anwesen und der ganze

Besitz der Rois verstaatlicht, obwohl es einen männlichen Erben gibt.

Wenn es dich interessiert, nimm bitte mit mir Kontakt auf.

Tony

»Meine Liebe, weißt du, was dies bedeutet? Wer ist Tony? Was sollen oder können wir nach der Erkenntnis machen?«

Blandine nickt, wischt sich die Schweißperlen mit dem Handrücken ab und holt tief Luft, bis sie die passenden Antworten gibt. Zuerst möchte sie dem Geheimnis um die Person namens Tony nachgehen. Mann oder Frau? Wie alt ist sie, lebt sie noch in St. Vith?

Ist der Erbanspruch heute, 60, 70 Jahre später, noch gültig? Könnte vielleicht *Rigobert*, Blandines und Magnus' Sohn, ein Anspruch auf das belgische Terrain haben? Wie kommt man an die Informationen? Weiß vielleicht Tante Pauline doch noch mehr? Hat sie noch weitere Dokumente? Es sind Fragen über Fragen, die sich die beiden stellen.

Die Zeiger von Magnus' Armbanduhr gehen auf 20 Uhr zu. Es ist Zeit, sich um das Abendessen zu kümmern. Blandine hat die gemütliche Bank unter der Platane gegen einen Stehplatz am Herd getauscht. Magnus übernimmt die Rolle als Küchenhelfer. Er arbeitet seiner Frau zu und deckt den großen Gartentisch auf der Terrasse ein. Eine dreiviertel Stunde später nehmen sie zwischen dem Aufgabeln der Spagetti das Thema St. Vith wieder auf.

Sie beschließen, morgen zunächst nach dem Stammbuch von Blandines Eltern zu suchen. Dort ist mit Sicherheit der genaue Geburtsort von Lena eingetragen. Wenn sie Glück haben, finden sie auch Angaben über ihre Eltern.

*

Mitten in der Nacht wird Blandine durch ein andauerndes Klingeln des Telefons aus dem Schlaf gerissen. Schlaftrunken steigt sie die Treppe hinunter in die Diele. Dort tanzt der alte Apparat richtig auf der kleinen Anrichte. Sie nimmt völlig benommen den Hörer ab, wird jedoch schlagartig hellwach, als sich sogleich das Seniorenheim meldet, ohne dass sie ihren Namen gesagt hat.

Wenn sich um diese Uhrzeit die Altersresidenz meldet, hat man keine gute Nachricht zu erwarten, denkt sie sofort. Genau so kommt es. Die Pflegerin, mit der sie gestern Abend gesprochen hatte, war am anderen Ende der Leitung. Mit leiser Stimme entschuldigt sie sich für den nächtlichen Telefonüberfall. Dann sagt sie Blandine ganz unverblümt, dass sie Pauline bei ihrem nächtlichen Rundgang leblos im Sessel sitzend aufgefunden hat. Sie muss schon ein paar Stunden so verbracht haben. Ihre Glieder fingen bereits an starr zu werden. Der sofort alarmierte, hausinterne Arzt habe nur noch ihren Tod feststellen können. Offensichtlich ist sie ganz einfach eingeschlafen. Blandine solle doch der Form halber besser gleich zu ihnen ins Heim kommen. Schließlich sei sie die einzige Anverwandte von Frau Hoffmann.

Blandine fällt der Hörer fast aus der Hand.

Unter Tränen piepst sie, dass sie sofort kommt.

Ihr anschließender Schreikrampf treibt Magnus aus dem Bett. Er nimmt gleich zwei Treppenstufen auf einmal, um seine Frau noch gerade rechtzeitig vor dem Zusammensacken aufzufangen.

Es bedarf keiner großen Erklärung, was geschehen ist.

Im ersten Morgengrauen fahren sie gemeinsam in Richtung *Lulustein*. *Rigobert* und *Andrea*, ihrer Schwiegertochter, haben sie die Nachricht über Paulines Tod per WhatsApp geschickt.

Sie sollen sich nicht über ihre Ausfahrt zur ungewohnten Stunde beunruhigen. Alles Weitere werden sie sehen.

Das für diesen Tag geplante Vorhaben sowie ihren üblichen Tagesablauf werfen sie über den Haufen. Nun gilt es, den vielen Formalitäten nachzukommen. Blandine hat sich dank Magnus' Fürsorge von dem ersten Schock erholt. Nun kann sie, zwar nervös, zu allen Fragen Rede und Antwort stehen.

Sie ist sich auch ganz sicher, dass Pauline ihren Tod bereits in den letzten Tagen erahnt hatte. Sonst hätte sie ihr gestern nicht unbedingt die Geschichte über ihre Herkunft erzählen wollen.

*

Eine Woche später.

Zu Paulines Beisetzung sind viele ehemalige Kunden, die gesamte Nachbarschaft der Schmitts sowie einige Residenzbewohner gekommen. Die Art ihrer Beerdigung und vieles andere hatte Pauline in ihrem Letzten Willen verfasst.

Dieses Schreiben lag zusammen mit dem Inhalt der Zigarrenkiste schön sortiert auf Paulines Sekretär, als sie sie in den frühen Morgenstunden noch einmal sehen wollte. Die Tante saß im Sessel, als würde sie nur ein kleines Nickerchen machen. Magnus und Blandine waren über diesen Anblick zutiefst schockiert.

Dann nahmen die Formalitäten ihren Lauf.

Pauline wird ohne den Beistand eines Pastors beerdigt. Blandine hält selbst die Grabrede, bevor der Bestatter die Urne in dem ausgehobenen kleinen mit Kunstrasen ausgekleideten Loch versenkt. Die Stelle unter der großen dicken Linde mit der Nummer 323 im Friedwald hat Pauline Monate zuvor noch selbst ausgesucht und alle Kosten der Bestattung im Voraus bezahlt. Selbst die Rede über ihre Person stammt aus ihrer Feder. Sogar der anschließende Leichenschmaus ist von ihr vorbestellt, jedoch ohne festen Termin.

Die Sommerhitze macht vielen Gästen zu schaffen, weswegen sie sich direkt nach der Zeremonie auf dem Friedhof von der Familie Schmitt verabschieden.

Übrig bleiben nur Magnus, Blandine, Rigobert mit seiner Frau, deren Eltern, eine Altenpflegerin und Paulines gleichaltrige Freundin *Margot*. Die Zwillinge Lars und Jan sind im Kinderhort. Das Gespräch bei Tisch dreht sich nur um Paulines schnelles Ableben und um die Frage, was mit den restlichen Möbeln geschehen soll. Blandine möchte, dass das Heim das Mobiliar übernimmt, um es vielleicht anderen Bewohnern zu überlassen. Die persönlichen Dinge wird sie alsbald zu sich nach Hause nehmen.

Falls noch ein Barvermögen vorhanden ist, sollen die jungen Leute Rigobert und Andrea davon profitieren.

Nachdem sich die Pflegerin und Margot verabschieden, jedoch nicht ohne eine ordentliche Portion Streuselkuchen für die anderen Residenzbewohner mitzunehmen, bringt Blandine die Geschichte über Paulines Herkunft sowie das Vermächtnis zur Sprache.

Schnell sind alle der Meinung, dass man dem vermeintlichen Erbe auf den Grund gehen sollte.

Nur das Wie ist die große Frage. Und wer ist Toni? Man beschließt, dass Paulines Dokumente noch einmal gründlich durchgeschaut werden. Blandine muss auf dem eigenen Speicher nach dem alten Stammbuch ihrer Eltern suchen. Außerdem ist es auf jeden Fall angebracht, sich in St. Vith auf die Suche nach Tony zu machen.

*

In den kommenden Wochen verbringt Blandine viel Zeit damit, Paulines Nachlass zu regeln. Leider findet sie keinen einzigen weiteren Hinweis zu dem Unterfangen »St. Vith«. Weder in Paulines Dokumentenmappe noch in der ihrer verstorbenen Mutter. Das Stammbuch der Eltern gibt nicht mehr Auskunft, als sie sowieso schon weiß.

Magnus macht Blandine daraufhin den Vorschlag, dass sie sich im August eine Woche Urlaub genehmigen, um nach Belgien zu fahren und dort vor Ort zu recherchieren.

Sofort bejaht sie den Plan. Gleich darauf einigen sie sich, das verlängerte Wochenende um den 15. August zu wählen. Das heißt, am Samstag gemütlich in Richtung belgische

Grenze zu starten, sich dort eine kleine Pension suchen, um dann in den folgenden Tagen die Orte der Vergangenheit zu finden. Sie hoffen, auf Leute zu treffen, die ihnen weiter helfen können..

Sie fassen alle ihnen bekannten Daten und Fakten zusammen.

Die Großmutter von Blandine hieß *Guda Hoffmann, geborene Van Putte, geschiedene Rois,* sie wurde am 7. März 1906 in *Cromdorf* geboren und ist in Bistelle am Neujahrstag 1989 verstorben.

Gudas erster Mann hieß *Luis Roi.* Genaue Daten existieren nicht. Magnus und Blandine vermuten, dass er um 1900 geboren sein könnte und in den Jahren 1961,1962 zu Grabe getragen wurde. Seit den 1920er Jahren leben die *Rois* auf einem herrschaftlichen Anwesen in *Neubrück bei St. Vith.* Luis Rois und Guda haben 1926 geheiratet.

Pauline erblickte am 4. August 1929 und Blandines Mutter Lena am 21. November 1934 in Neubrück das Licht der Welt. 1936 trennt sich das Ehepaar Luis und Guda Roi. Die Eltern von Luis hießen Kilian und Yvette. Sie könnten um 1870 bis 1880 geboren sein. Uralte Fotos zeigen die gesamte Familie Rois vor dem Wohnhaus, im Park und vor der Tischlerei. Aufgenommen wurden die Bilder in den 1930er Jahren, wie die Jahreszahlen auf den Rückseiten dokumentieren. Schließlich gibt die vergilbte Karte von 1962, die von einer ominösen Person namens Tony geschrieben wurde, das große Rätsel über das Erbe auf. Ist Tony eine Frau oder ein Mann?

»Blandine, sollen wir uns wirklich auf die Suche nach dem alten Besitz deiner Großmutter machen?

Was haben wir davon? Wir können doch gar keine Ansprüche geltend machen. Wir haben keine Beweise, nichts, aber auch gar nichts außer …«, meldet Magnus Bedenken an.

»Klar, wir haben nichts außer der Karte. Ich möchte ja eigentlich auch gar nichts haben.

Nur interessiert mich die Herkunft von Tante Pauline und Mama. Lass es uns dennoch versuchen«, antwortet Blandine mit einem gekonnten Augenaufschlag, dem sich ihr Mann in der Regel nicht widersetzen kann.

*

In Blandines kleinem Cabriolet passen die beiden kleinen Pilotenkoffer gerade auf die Rückbank.

Daneben quetschen sie ein Beautycase, für jeden ein zweites Paar leichte Sommerschuhe und eine handliche Kühltasche mit etwas Proviant. Sie wollen die freien Tage in der Sommerfrische richtig genießen und auch in das ein oder andere neckische Restaurant an der Strecke nach Belgien einkehren.

Sie starten gleich am frühen Morgen nach dem Frühstück. Das Navi gibt ihnen die Fahrstrecke und Zeit bis St. Vith genau an. Die Route führt sie erst einmal auf direktem Weg über die Autobahn an die Bundesgrenze. Dort biegen sie auf eine Landstraße ab, da sie dem Wegweiser einer Auberge folgen, in der sie ein Mittagessen einnehmen wollen.

Die Straße wird immer schmaler und holpriger. Hohe Hecken versperren rechts und links die Sicht.

Der Asphalt ist von großen, tiefen Löchern mehr unterbrochen, als dass er flächig bedeckt ist. Magnus, der am Steuer sitzt, muss um sie herumfahren.

Dabei flucht er entsetzlich. Gleichzeitig bittet er Gott, dass ihnen nicht gerade jetzt ein anderes Auto im gleichen Fahrstil entgegenkommt.

Er schwitzt Blut. Nicht nur da es inzwischen heiß geworden ist, auch die Anstrengung ist ihm deutlich anzumerken.

Endlich, nach einigen Kilometern, taucht auf der linken Seite wie aus dem nichts das Lokal auf.

Es sieht gemütlich aus, fast wie einst die Bodega auf Mallorca. Vor der großen von einer mit blühendem Blauregen umspannten Pergola stellen sie den Wagen ab. Unzählige Sitzgruppen aus grob zusammengezimmerten Balken laden zum Verweilen im Schatten ein. Im Augenblick haben nur einige Motorradfahrer Platz genommen.

So haben Blandine und Magnus die Möglichkeit, sich ein ruhiges Plätzchen zu suchen.

Kaum dass sie sitzen, eilt auch schon eine freundlich wirkende Bedienung herbei. Die beiden versuchen, in mäßigem Französisch ihre Bestellung aufzugeben, was die Kellnerin begrüßt, ihnen jedoch in einer zarten Mischung aus Deutsch-Französisch-Wallonisch antwortet. Dieses Wortspiel gefällt den dreien. Blandine ist von der Frau begeistert. Sie schätzt sie auf gut fünfzig Jahre und ist mit Sicherheit die gute Seele des Hauses, wenn nicht sogar die Hausherrin.

»Wo sind wir hier eigentlich gelandet?«, fragt Blandine sie, als Madame mit der zweiten Apfelschorle kommt.

»Oh, sagen wir einmal so, wir sind genau auf der ehemaligen Grenze. Der Pfosten dort an der linken Seite steht in Deutschland und der rechte in Wallonien. Unsere Auberge ist vorne deutsch und hinten belgisch. Dieses Haus ist als einziges nach der großen Gebietsreform an der *Douane* übriggeblieben.

Alle anderen Anwesen wurden in den letzten fünfunddreißig Jahren abgerissen oder eingestampft. Der Ort ist mehr oder weniger verschwunden. Einen Ortsnamen gibt es auch nicht mehr.

Nun heißt es nur noch ›*Chez Lulu*‹.«

»Wie hieß er denn in der alten Zeit?«, will Blandine wissen.

»*Pont Neuf*, also *Neubrück*.«

»Neubrück?«

»Qui, ja, aber alles ist weg, wie ich bereits gesagt habe.«

»Das gibt es doch gar nicht. In Neubrück sind Vorfahren meiner Mutter geboren worden. Wir sind auf der Suche nach Leuten, die uns Näheres über die Familie erzählen können.«

»Haben Sie noch etwas Zeit? Ich komme gleich wieder. Dann erzählen Sie mir mehr darüber. Ich bin hier aufgewachsen und kenne viele, die einst hier in der Gemeinde gelebt haben.«

Blandine und Magnus bejahen ihre Frage. Vielleicht finden sie hier wirklich schon erste Anhaltspunkte zu ihrem Unterfangen.

In der Zwischenzeit holt Blandine aus dem Wagen den großen Briefumschlag mit den wenigen Unterlagen und Bildern, die sie gerne *Lulu* zeigen möchte.

Sie ist, wie vermutet, die Besitzerin und Namensgeberin der Auberge.

Alle anderen Gäste haben inzwischen das Lokal verlassen. Nun sitzen die drei zusammen und schlürfen erst einmal einen starken Espresso nach Art des Hauses. Blandine erzählt ihre Geschichte. Lulu hört erst einmal gespannt zu. Ab und an nickt sie mit dem Kopf oder stimmt der Schilderung mit einem Augenaufschlag zu. Schließlich schlägt sie zart mit der flachen Hand auf den Tisch.

Dann beißt sie sich auf die Unterlippe und beginnt zu erzählen

»Ich kenne den Gutshof und *Tonny*. Leider ist das Anwesen etwas heruntergekommen und die meisten Gebäude stehen leer. Auch die Schreinerei steht noch. Dort ist kaum noch Leben. Nur Tonnys Atelier ist ganz gut in Schuss.«

»Sie kennen Tony? Wer ist diese Person? Könnte sie uns weiterhelfen, wenn wir dorthin fahren?«, will Magnus wissen.

»Ja. Sicherlich wird er sich über Besuch freuen.«

»Also ist Tony ein Mann. Wie alt schätzen Sie ihn? Nach meiner Rechnung müsste er mindestens neunzig Jahre und älter sein.«

»Nein, nein. So alt ist er nicht. Ich glaube, dass wir von zwei verschiedenen Personen reden. Tonny ist ein alter Hippie, ein 68er. Er hat weder Frau noch Kinder.

Ab und an nistet sich ein befreundeter Künstler bei ihm ein. Dann stellen sie gemeinsam ihre Werke auf dem Gut aus. Die Person, die Sie suchen, könnte seine Mutter sein. Sie heißt Tony.«

»Das verstehe ich nicht. Tony und Tonny?«, unterbricht Blandine Lulu in ihrem Wortschall.

»Es gibt Tony, die sich mit einem ›n‹ schreibt, und den Sohn Tonny, mit zwei ›nn‹.«

»Ja, lebt die Frau noch und wo? Schließlich hat sie diesen merkwürdigen Brief an Guda geschrieben.«

»Bis heute habe ich noch nicht gehört, dass sie verstorben ist. Sie und ihr Mann leben in *Hermage*.«

»Wo liegt Hermage? Wie heißt sie mit Familiennamen? Können wir sie aufsuchen? Was meinen Sie, Lulu?«

»Ja. Ich glaube schon. Ich werde Ihnen die Telefonnummer geben, dass Sie sie anrufen und ihr schon am Telefon sowohl den Besuch als auch Ihr Anliegen ankündigen. Tony ist eine ganz liebe alte Dame, die von vielen nur *Tante To* genannt wird.

Sie engagiert sich sehr in der *WG der alten Leute*. Meine Mutter lebt auch in diesem Haus. Sie ist eine Schulfreundin von Tante To.

Nach dem Tod meines Vaters war es Tony, die Mama wieder Auftrieb gab und ihr anbot, in das große Haus zu ziehen.

Dort sind insgesamt neun Senioren untergebracht.

Drei Ehepaare wie *Tony und Gilles Albert* und drei alleinstehende Personen. Alle sind jenseits der achtzig Jahre, aber topfit. Sie wollen doch bestimmt erst morgen nach Hermage fahren? Brauchen Sie eine schöne Unterkunft für diese Nacht?«

»Auf jeden Fall«, antwortet Blandine«, wir haben heute schon sehr viel erfahren. Ich bin ganz froh, dass wir hier bei Ihnen gelandet sind. Haben Sie auch Fremdenzimmer hier im Haus?«

»Wenn der Zufall Sie schon hierhergebracht hat, dann soll es auch so sein, dass ich Ihnen ein Dach über dem Kopf bieten kann. Unsere beiden Zimmer sind eigentlich immer schon lange im Voraus ausgebucht, doch ausgerechnet heute Morgen haben die Motorradfahrer abgesagt. Glück für Sie. Haben Sie Interesse?«

»Na klar. Was denken Sie denn?«

*

Keine halbe Stunde später fallen Magnus und Blandine erschöpft auf das große Doppelbett in Lulus Fremdenzimmer. Es ist geräumig, hübsch mit Antiquitäten eingerichtet und hat ein bodentiefes Fenster mit Blick auf die endlosen mit Büschen umgebenden Felder.

Die Sonne senkt sich allmählich am fernen Horizont.

Ein Bilderbuchblick.

Sie liegen Hand in Hand und können es kaum fassen, auf Anhieb jemanden zu treffen, der Tony kennt.

»Ich glaube, wir haben mehr Glück als Verstand, gleich an der ersten Anlaufstelle gute Informationen zu bekommen, findest du nicht auch, meine Liebe?«

»Ja, aber es wirkt auf mich auch etwas unheimlich. Was haben *Tony* mit einem ›n‹ und deren Sohn *Tonny* mit zwei ›n‹ mit der ganzen Geschichte meiner Vorfahren zu tun. Wieso lebt er auf dem alten Gutshof? Hat er sich dort nur eingenistet, weil das Anwesen sonst ganz leer stünde? Wir müssen morgen unbedingt mit Tony Kontakt aufnehmen.

Sollen wir nicht besserzuvor bei ihr anrufen? Jetzt möchte ich lieber nach Neubrück fahren und mir vor Ort das ehemalige Domizil der *Rois* ansehen, ob es wirklich so heruntergekommen ist, wie *Lulu* sagt.«

Magnus und Blandine unterhalten sich noch bis tief in die Nacht hinein. Sie denken sich die unmöglichsten Geschichten über *Tony* und *Tonny* aus.

Kommt eine ihrer Überlegungen der Wahrheit nahe?

*

Es ist mitten in der Nacht. Eine leichte Brise weht durch das offene Fenster.

Die Temperatur ist nur um wenige Grad gesunken. Der Mond zeigt nur eine ganz dünne Sichel, dazu haben sich einige Sterne gesellt. Eine beängstigte Stille liegt über dem ganzen Land.

»Oh Gott, nein, das darf nicht wahr sein«, schreit Blandine und sitzt auf einmal aufrecht im Bett.

»Was ist? Was darf nicht wahr sein, mein Schatz?«, fragt Magnus, der durch die plötzlichen und schrillen Laute seiner Ehefrau wach wird.

»Ich muss dir etwas erzählen.«

»Jetzt, um diese Zeit? Kannst du damit nicht bis morgen früh warten?«

»Nein. Bis dahin habe ich es wieder vergessen.«

»Na dann«, erwidert Magnus kurz und knapp, wobei er sich wieder tief in das Kissen legt.

»Du kennst doch die alte kurvenreiche Straße, die von Bistelle nach Looweiler den Berg hinauf führt? Sie erinnert mich an die Touristenstraße in der Toskana, die von schlanken Zypressen gesäumt ist und sich zu dem wunderschönen Gutshof windet.«

»Ja, klar. Beide Straßen sind mir ein Begriff.«

»Also, ich fahre mit meinem kleinen Cabrio und lege mich schön in die Kurven. Es ist ein herrlicher Frühlingstag. Die Rapsfelder zeigen erste gelbe Konturen. Die alten Linden rechts und links dieser Landstraße haben zartes jungfräuliches Grün. Eine leichte Brise umweht mein Kopftuch. Ich fühle mich frei. Ich fühle mich glücklich. Ich genieße die Fahrt, die Sonne am Horizont und den Moment des Alleinseins. Heute habe ich mich mit meiner alten Schulfreundin Billy zum Brunch in dem kleinen Bistro an der Tropfsteinhöhle von Looweiler verabredet. Bislang ist mir weder ein Wagen entgegengekommen noch verfolgt mich einer. Plötzlich und aus heiterem Himmel beginnt mein Mini zu stottern. Dann bleibt er einfach stehen. Ich versuche ihn wieder zu starten. Jedoch ergebnislos.

Ein zarter Blick auf die Tankanzeige gibt mir Aufschluss. Ich habe einfach versäumt, den Kleinwagen zu tanken. Das kann jedem Autofahrer passieren. Also steige ich aus, schließe das offene Verdeck und schnappe mir meine Handtasche und den Fünfliterkanister, der ebenfalls leer im Kofferraum liegt.

Jetzt stehe ich mitten auf der Landstraße und überlege, in welche Richtung ich nun laufen soll, um an die nächste Tankstelle zu gelangen. Meine Entscheidung fällt, dass ich besser Looweiler entgegengehe als zurück. So weit kann es nicht sein. Ich glaube, mich erinnern zu können, dass am Ortseingang ein kleiner Kiosk ist. Dort bekomme ich vielleicht auch etwas Sprit geliehen oder kann zumindest meine Freundin anrufen und ihr von meiner Misere erzählen. Dummerweise habe ich auch vergessen, mein Handy aufzuladen. Es ist genauso leer wie mein Benzintank. Die geräumige Tasche hänge ich mir quer über die Schulter. In der linken Hand trage ich den leeren Kanister, während ich den Daumen der rechten am seitlich ausgestreckten Arm nach oben halte.

Ich bin in meinem Leben bislang sehr selten per Anhalter gefahren. Wenn ich mich recht erinnere, sogar noch nie. Leider kommt kein Fahrzeug. Weder von hinten noch von vorne. Also laufe ich in meinen schönen, aber unbequemen Sandaletten über den warmen Asphalt der Sonne entgegen. Den Schal binde ich noch etwas fester um den Kopf. Die Sonnenbrille finde ich ganz tief unten in der Handtasche. Meine Schritte sind erst stramm, werden dann, nach circa fünfzig Meter Marsch auf der linken Straßenseite ohne jegliche Befestigung, langsamer. Die Schuhe drücken an den Fersen und meine Zehen scheuern sich an den schmalen Riemchen. Soll ich barfuß gehen?

Nein, besser nicht. Weiß Gott, was hier alles auf der Straße liegt.

Die dicken Linden an beiden Straßenseiten stehen wie Soldaten. Starr, stramm, unausweichlich. Sie werfen so früh am Vormittag schon ihren langen Schatten auf den Weg. Ich bleibe stehen, um meinen Füßen etwas Erholung zu gönnen. Mit blinzelnden Augen und der Hand als Sonnenblende suche ich die kurvenreiche Straße bis zum Horizont nach einem sich auf mich zubewegenden Gefährt ab. Es blitzt und blinkt unweit der kleinen, dichten Baumgruppe in weiter Ferne.

Ich fokussiere das helle Licht.

Es scheint näher zu kommen, immer wieder von den Allee-bäumen unterbrochen. Gleich darauf nehme ich ein Motorengeräusch wahr. Ein Fahrzeug. Mein Herz schlägt fast Purzelbaum. Vielleicht naht mir Hilfe.

In der Tat ist es ein Auto. Langsam, aber stetig kommt der singende Klang näher. Vor mir ist die Landstraße auf eine Strecke von etwa hundertfünfzig Meter relativ gerade.

Linden säumen auch hier die Straße zu beiden Seiten. Sie ersetzen die sonst üblichen Begleitpfosten und sind mit reflektierenden Bändern versehen. Der Wagen kommt auf mich zu. Es ist ein alter BMW 1700.

Ein oranges Cabriolet.

Mit solch einem Auto habe ich Ende der 70er Jahre fahren gelernt. Viel Chrom, schöne Zierleisten und weiße Räder verleihen dem Vehikel einst wie heute einen gewissen Charme. Der BMW rollt mit einem ebenmäßigen Motorgesang an mir vorbei. Sieht er mich nicht?

Die Fahrerin, unverkennbar mit wehenden Haaren und Spiegelbrille, hebt die rechte Hand zum Gruß.

Ja, sieht die mich nicht? Ich halte doch den Daumen raus, trage nicht zum Spaß einen Benzinkanister in der Hand.ein.

Die Lady fährt an mir vorbei. Enttäuscht gehe ich weiter. Nein, ich drehe mich nicht nach ihr um. Keine fünfzehn Sekunden später knallt es sehr laut.«

»Was ist passiert?«, will Magnus wissen.

»Na, hast du das Geräusch nicht bemerkt?«

»Wieso? Was habe ich mit deiner Geschichte zu tun?«

»Eigentlich nichts. Aber den Knall musst du doch gehört haben?

»Das verstehe ich nicht.«

»Na, das komische Geräusch soeben. Wie ein Knall!«

»Sorry, aber ich habe nichts gehört.«

»Oh Magnus. Das Fenster ist zugeschlagen. Hast du das wirklich nicht mitbekommen?«

»Nein. Und du dachtest, das schöne Auto wäre …«

»Genau.«

»Mein Schatz, lege dich jetzt zu mir in meinen Arm.

Es ist nichts passiert. Du hast nur geträumt. Alles ist gut. Ich tanke doch immer deinen Mini rechtzeitig auf.«

*

Am nächsten Morgen frühstücken die beiden gemütlich auf der Terrasse mit Blick in die Weite der Landschaft. Der Tag verspricht heiß zu werden. Schon jetzt, gegen zehn Uhr, spürt man die aufkommende Hitze.

Lulu verwöhnt die beiden einzigen Gäste nach allen Regeln einer guten Gastgeberin. Sie tafelt vom leckeren Croissant zu selbst gebackenem Baguette mit reichlichen Beilagen über Eier, Pfannkuchen bis zum *Café au Lait* alles auf. Die Schmitts fühlen sich wohl und genießen das Mahl wie auch den Augenblick.

Die Wirtin hat eine Skizze angefertigt, damit sie sowohl den Weg nach *Hermage* als auch nach *Neubrück* besser finden. »Wegweiser gibt es keine«, erklärt sie wiederholend in ihrem ganz besonderen Dialekt.

Knapp eine Stunde später brechen Magnus und Blandine auf. Dass sie die kommende Nacht wieder in der Auberge verbringen wollen, haben sie Lulu schon zugesichert, ebenso die Informationen über den Werdegang des heutigen Tages. Magnus sitzt am Steuer. Auf Blandines Schoß liegen die Straßenkarte und Lulus Handskizze. Langsam fahren sie über die holprige, einspurige Landstraße Richtung Westen.

Hohe Pappeln säumen die Straße. Es fehlen sowohl Seitenmarkierung als auch irgendwelche Begrenzungen. Direkt hinter den dicken Bäumen fallen rechts und links hohe Böschungen zu den Feldern ab. Verstohlen schaut sich das Ehepaar an.

Gleichzeitig sagen sie: »Das sieht ja fast so aus wie im Traum von heute Nacht.«

In der Tat ist es so.

Hatte Blandine eine Vision? Oder ist alles nur Zufall?

Die Straße hat kaum noch Asphalt. Magnus fährt ganz konzentriert, um jedem Schlagloch ausweichen zu können. Ab und an kommt ihnen ein Fahrzeug entgegen, das genauso behutsam fährt.

Nach Lulus Zeichnung soll nach zwei Kilometern links ein Abzweig kommen, der zum Gutshof führen soll.

Magnus und Blandine haben entschlossen, zuerst einmal die Örtlichkeiten aufzusuchen, bevor Sie mit Tony und Tonny Kontakt aufnehmen. Ferner haben sie auch ihre Wirtin gebeten, ihrer Mutter nichts von ihnen und ihrem Anliegen zu erzählen.

Den Abzweig verpassen die beiden, obwohl sie förmlich über die Straße schleichen.

Erst nach einhundert Metern bemerken sie es.

Magnus scheut sich, trotz der geringen Größe des Wagens, auf der Straße zu wenden. So tuckern sie weiter auf der Suche nach einer Wendemöglichkeit.

»Schau mal da vorne. Dort an der kleinen Kapelle kannst du bestimmt drehen«, meint Blandine und hält den ausgestreckten Finger der linken Hand direkt in Magnus' Blickfeld.

»Meinst du, wir könnten das Kapellchen besichtigen? Es sieht von außen ganz hübsch aus. Wie das in Bistelle.«

»Mmh, hoffentlich ohne einen Menschenfresser als Nachbarn«, scherzt Magnus.

»Ach du. Lass uns aussteigen und einen Blick hineinwerfen.«

Magnus setzt den Blinker, um rechts auf dem Schotterplatz den Mini ausrollen zu lassen.

Ihnen bleibt beim Aussteigen fast die Luft weg, so heiß ist es geworden. Durch die Klimaanlage im Wagen ist ihnen der Temperaturanstieg zu draußen gar nicht bewusst.

Sie gehen auf den Eingang der Kapelle zu, in der Hoffnung, dass nicht abgesperrt ist. Mit Andacht drückt Magnus die Klinke runter. Die dicke dunkelbraune Holztür öffnet sich mit einem lauten Krächzen nach innen. Zögerlich betreten sie das kleine Gotteshaus. Zwei bunte Glasfenster mit Aposteln erhellen den angenehm kühlen Raum.

Er ist in der Tat winzig, gerade mal vier mal acht Meter. Ein kleiner Altar mit der Gottesmutter und dem Jesuskind steht mittendrin. Darum sind im Kreis einige Gebetsstühle gruppiert.

In den vier Ecken stehen jeweils zwei dicke Kandelaber. Solch eine Ausstattung haben sie noch nie gesehen. Die

Wände sind in einem zarten Blauton getüncht, während der Fußboden sich aus dunkelblauen Mosaiken zusammensetzt. In Augenhöhe sind überall Dankestäfelchen angebracht, teils mit deutscher, teils mit französischer Inschrift. Magnus und Blandine stehen mittendrin, drehen sich um ihre eigene Achse.

Ein beklemmendes Gefühl überkommt sie.

Ein starker Luftzug, gefolgt von einem dumpfen Aufschlag, lässt ihre Glieder zusammenfahren. Dann ist es fast ganz still, bis auf ein leichtes Hecheln. Blandine sinkt auf einen der Stühle und versucht gleichzeitig, Magnus' Hand zu ergreifen.

Pure Angst steht ihr ins Gesicht geschrieben.

»Menschenfresser?«

Sie sitzt regungslos da. Beißt sich auf die Unterlippe, atmet ganz flach, schließt die Augen, um alles rund um sich auszublenden.

»Bitte nicht …«

Ein »Klingeln« direkt an der Wand hinter ihnen, weiteres Hecheln und das Schurren eines Stuhles erzeugen Todesangst. Während Blandine auf ihrem Stuhl immer kleiner wird, ihre Hand sich fester in die von ihrem Mann krallt, wagt dieser einen Blick über die Schulter. Seine zusammengekniffenen Augen treffen auf zwei ihn anlächelnde Gesichter.

In der Stuhlreihe hinter ihnen hat sich ein älteres Pärchen niedergelassen.

»Oh, pardon, excuse moi«, kommt von dort eine leise Frauenstimme.

»Il fait tres chaud a dehors. Pas ici.« Das ist kein Menschenfresser. Nun fasst auch Blandine allen Mut zusammen, um den Kopf nach hinten zu drehen.

Auch ihre Augen treffen auf die der freundlichen Gesichter.

»Haben Sie uns erschrocken«, stößt sie etwas zu laut hervor, dass es in dem eher leeren Raum widerhallt.

»Wir wollten Sie keineswegs erschrecken. Entschuldigen Sie bitte«, antwortet nun der Mann mit dem nach oben gedrehten, grauen Schnauzbart und der runden, schwarz umrandeten Brille.

Er sieht lustig aus, denkt Blandine, erinnert mich irgendwie an *Dali*.

*

»Wollen wir uns noch den Friedhof ansehen?«

»Klar, warum nicht? Jetzt sind wir schon mal hier.«

Hinter der Kapelle liegt ein durch hohe Ligusterhecken verborgener Friedhof. Er ist nicht auf den ersten Blick als solcher erkennbar, wenn nicht ein schmiedeeisernes Tor mit Kreuz den Eingang erahnen lässt. Auch diese Tür bekennt sich durch ihr lautes Quietschen zu ihrem Alter. Schüchtern gelangen sie über die mit Moos überwucherte Treppe in den Ort der letzten Ruhestätten.

Die Anzahl der Gräber ist überschaubar.

Hier wurde seit Jahren niemand mehr beigesetzt.

Der Mittelweg, kaum einen Meter fünfzig breit, führt zu einem kleinen Wasserbecken, in dem sich bereits Rohrkolben breitgemacht haben. Die wenigen schmalen Seitengänge sind wie alle anderen Freiflächen von Unkraut und Flechten vereinnahmt.

Kein schöner Anblick, wie Blandine und Magnus sogleich feststellen. Dennoch nehmen sie sich Zeit, einen Blick auf die wenig erhaltenen Gräber zu werfen. Einige sind von niedrigen Eisenzäunen umgrenzt.

Diese sind rostig, zum Teil haben sie sich auch aufgelöst. Die Grabsteine liegen zum größten Teil auf der Grabstätte mit der Schrift nach unten, haben sich in Schieflage gebracht, sodass sie jeden Augenblick drohen umzufallen. An dem einen oder anderen klebt ein roter Aufkleber mit »DANGER«. Stellenweise lässt nur ein leichtes Absacken der Erde erahnen, dass hier eine Ruhestätte war.

Blandine und Magnus gehen vorsichtig einzelne vermeintliche Reihen ab, bis sie vor einer mit Efeu bewachsenen einst roten Ziegelsteinmauer stehen.

Hier enden alle Wege. Man steht vor dem drei Meter hohen Bauwerk, welches in sich zusammenzufallen droht, wenn es nicht durch den starken Bewuchs gestützt würde. Hohe, dicke Baumstümpfe von Tannen, direkt vor der Mauer, wirken mit den noch wenig erhaltenen Ästen und den spärlichen Nadeln gespenstisch. Dazu lässt ein leichter Luftzug noch etliche kleine Äste und Nadeln herabrieseln. Blandine versucht auszuweichen, geht einen Schritt zu Seite, wobei sie umknickt und mit dem rechten Fuß in ein Loch tritt. Sie schreit laut auf.

Magnus ist sofort zur Stelle und greift sie unter den Armen, um ihren Stand zu sichern. Blandine ist nur erschrocken. Der Fuß hat keinen Schaden genommen, wie sie sogleich feststellt. Sie reibt sich in gebückter Haltung den Knöchel und schaut erneut aus einer anderen Perspektive auf die Mauer.

»Da sind Inschriften unter dem Efeu«, sagt sie ganz unvermittelt.

»Wo?«

Sie tritt, an Magnus' linker Hand Halt suchend, zwei Schritte nach vorne, um dann das Grün von den Steinen zu reißen. Es knirscht. Sofort beendet sie ihre Aktion. Erschrocken schaut sich das Ehepaar an.

Es knirscht wieder und wieder. Sie drehen sich um.

Sie sehen niemanden. Sie vernehmen einen Flüsterton. Schweißperlen bilden sich auf ihren Stirnen. Wo in aller Welt sind sie hier nur gelandet? Hier ist doch keiner.

Ist dies nur ein schlechter Scherz?

Was ist hier auf dem Friedhof los?

Nein, Blandine und Magnus lassen sich nicht weiter schocken. Nein, den Gedanken an den Menschenfresser aus *Bistelle* und ihre merkwürdige Begegnungsstätte hier dürfen sie nicht in Verbindung bringen.

Blandine zerrt wieder am Efeu, bis eine große Stelle frei geworden ist, aber auch ein Loch in der Ziegelmauer. Es ist so groß wie Autoreifen. Ganze Steine sind herausgebrochen. Blandine ist entsetzt. Ist das ihr Werk?

Hat sie das angerichtet? Neugierig gehen Magnus und seine Frau näher ran. Hoffentlich geht nicht noch mehr zu Fall.

Das Knirschen hat inzwischen aufgehört, das Flüstern nicht. Fast fünfzig Zentimeter im Quadrat misst das Loch.

Seitlich ist es im Verband der Steine ausgeschlagen. Die beiden strecken den Kopf durch, geplagt von leichtem Unbehagen. Was Sie sehen, bereitet ihnen einen Lachanfall. Auf der anderen Mauerseite steht keine drei Schritte von ihnen entfernt eine Bank.

Auf ihr hat sich ein junges Liebespaar niedergelassen.

»Und das hinter dem Friedhof«, sagt Magnus.

»Die haben uns und meine Aktion hoffentlich nicht bemerkt?«

»Ach wo. Die sind mit sich selbst beschäftigt.«

»Jetzt schauen wir uns aber doch die Schriften an. Meinst du nicht?«

»Klar, sonst wäre alles für die Katz.«

Nun ist Magnus am Werk. Mit seinem Taschenmesser schneidet er vorsichtig einzelne Ranken glatt an der Wand ab. Zutage kommt eine Metallplatte mit Inschrift.

»Was machen Sie da?« Die Worte mit wallonischem Akzent lassen die Schmitts wieder zusammenzucken.

Auch dieses Mal haben sie das alte Paar, dessen flüchtige Bekanntschaft sie bereits in der Kapelle gemacht haben, nicht bemerkt.

Erschrocken lässt Magnus mit den Worten »rien – nichts« das Messer fallen. Punktgenau trifft es dabei die dicke Zehe in der rechten Sandale.

»Au, au, tut das weh. Schaut, das Messer steckt mit der Spitze richtig tief drin.«

Vier Augenpaare starren entsetzt auf den Fuß.

»Wir wollten Sie nicht schon wieder erschrecken«, stammelt die alte Frau, »was machen Sie hier an der Mauer? Haben Sie große Schmerzen? Können wir was für Sie tun?«

Magnus hüpft auf einem Fuß zu dem nächsten Baumstumpf. Zieht mit den Worten »Geht schon, er ist ja noch dran« ein Taschentuch aus der Hose, um dann den Zeh darin einzuwickeln. Sogleich durchdrängen einige Blutstropfen das Leinen. Ein strammes Umbinden hilft sofort. Das alte Ehepaar und Blandine stehen noch immer wie versteinert da, die Augen sind auch noch immer auf den dicken Zeh gerichtet. Niemand spricht.

Für einen kurzen Augenblick herrscht eine gespenstische Situation. Selbst das Flüstern auf der anderen Seite der Mauer ist weg. Es ist totenstill, wie man es üblicherweise auf einem Friedhof erwartet.

Dann sagen alle vier gleichzeitig wie auf Kommando: »Rien. Nichts.«, mit einem breiten Lächeln im Gesicht.

»Nein, zumindest ist mein Zeh noch dran und meine schlechte Tat wurde sofort bestraft. Finden Sie nicht auch?«, fordert Magnus das Ehepaar zur Konversation heraus.

»Können Sie mit dem Fuß überhaupt laufen? Sollen wir Hilfe holen?«, kommt prompt die Antwort von dem alten Herrn.

»Ja, es wird schon gehen. Nein, ich brauche keine Hilfe. Danke für Ihr Angebot. Mich interessieren die Tafeln an der Mauer und warum Sie uns gefolgt sind.«

»Oh Verzeihung, wir wollten Sie nicht verfolgen. Offensichtlich haben wir das gleiche Vorhaben. Meine Frau und ich wollen die Kapelle und den Friedhof besuchen. Dies haben wir früher öfters getan, doch in den letzten Jahren ist der Weg für uns beschwerlicher. Unser Auto ist, wie wir, sehr in die Jahre gekommen und wird nur noch als Schönwetterfahrzeug genutzt.«

»Ah ja, ich verstehe. Unser Auto ist auch nur ein Schön-wetterauto. Liegen hier auf dem Friedhof Verwandte von Ihnen?«

»Nein, nicht direkt die Verwandtschaft. Sagen wir mal eher die Liebschaft meiner Frau«, kommt mit einem ironi-schen Lachen zur Antwort.

». Wissen Sie, warum diese Tafeln unter der zugewach-senen Mauer hängen? Fast alle Gräber sind mehr oder we-niger eingebrochen, abgesackt und ungepflegt!«

»Das stimmt. Dieser Friedhof ist tot. Im wahrsten Sinne des Wortes. Seit Jahrzehnten liegt er unberührt, sich selbst überlassen da. Niemand hat Interesse daran, ihn weiter zu erhalten.

Er zerfällt immer mehr.«

Es ist schon fast lebensgefährlich, hierherzukommen«, er-zählt die alte Frau auf Deutsch mit wallonischem Slang, während sie sich bei ihrem Mann im Arm einhängt, um anzudeuten, sich zurückzuziehen.

Ein leises *Au revoir. Auf Wiedersehen* ist zu vernehmen. Arm in Arm drehen sie sich in Richtung Kapelle und so-mit dem Ausgang zu. Erst nach einigen Schritten kommt fast unverständlich die Antwort auf Magnus' Frage: »An der Mauer liegen die Selbstmörder hier aus der Region be-graben. Sie sind ohne christlichen Beistand unter die Erde gebracht worden. Nur eine Tafel mit dem Namen erinnert an sie.«

*

»Was für einen Wagen fahren Sie?«, fragt Magnus ganz spontan, nachdem Blandine ihn mit großen Augen ansieht und leise flüstert: »Selbstmörder.« Abrupt bleiben die Alten stehen, drehen sich um und kommen wieder ein paar Schritte näher. Mit einem breiten Lächeln antwortet Monsieur: »Ich fahre noch mein erstes Auto. Einen Renault *Dauphine Gordini* Baujahr 1965.«

»Was? Meine Eltern hatten auch eine *Dauphine,* die damalige Luxusversion *Ondine,* genannt die *Nixe.*

Ein tolles Auto. Ich erinnere mich noch gut daran.

Sie war smaragdgrün mit weißen Rädern. Mein Vater hat seinen Wagen über alles geliebt. Jeden Samstag wusch er ihn von Hand. Ich durfte beim Einseifen mit einem dicken Schwamm helfen. Ja, das muss so zu Beginn der sechziger Jahre gewesen sein. Das Auto war, glaube ich, Baujahr 1960.«

»Das ist ja interessant«, bemerkt Madame.

»Ja. In der Tat«, führt der alte Mann das Gespräch fort.

»Unsere Dauphine ist die letzte, die in Belgien fährt, natürlich mit Originallackierung in Korallenrot.

Sie hat mittlerweile über 300.000 Kilometer drauf.

Sie schnurrt heute noch wie damals mit ihrem wassergekühlten Vierzylinder-Reihenmotor und Heckantrieb. Wissen Sie, dass man auch *Thronfolgerin* zu diesem Wagen sagt?«

Monsieurs Stimme wird mit jedem Wort überschwänglicher.

»Die Dauphine war der Verkaufsschlager nach dem Renault 4CV, dem Opel Kadett und dem VW Käfer.

Die Limousine zählte zur unteren Mittelklasse und wurde zwischen 1956 und 1968 gebaut. Der Ottomotor meiner Dauphine hat stolze 36 PS und lief einst 125 km/h. Das schafft sie heute natürlich nicht mehr so ganz. Renault baute ab 1965 nur noch die *Dauphine Gordini*. Alle anderen Modelle wurden eingestampft. Die Idee des Herstellers war, mit möglichst vielen Teilen des 4CV einen größeren Wagen zu konstruieren. Ferner baute man vorne einen doppelten Dreieckslenker und hinten eine Pendelachse ein. Dadurch erreichte man eine höhere Geschwindigkeit. Der Verbrauch auf 100 Kilometer lag bei 7,5 Liter Normalbenzin. Das ist heute auch nicht mehr der Fall. Sie braucht wesentlich mehr.

Außerdem ist es schwieriger geworden, Normalbenzin zu kaufen. Deshalb fahren wir auch nur sehr selten und vor allen Dingen nur bei gutem Wetter. Bis heute hat der Wagen keine Roststellen.

Ich pflege ihn sehr gut.

Er steht in einer beheizten Tiefgarage in *Hermage*.

Ich habe damals einen Aufpreis für das Schiebedach bezahlt. Es war der reinste Luxus damals. Heute eine Selbstverständlichkeit. Es gab sogar ein Reserverad. Das erste seiner Zeit. Unter einer Klappe versteckt im Kofferraum. Damals eine Pionierleistung, heute Standard.«

»Sind Sie mit Ihrer *Dauphine* hier?«, will Blandine wissen.

»Ja. Heute ist doch schönes Wetter. Oldtimer-Wetter. Möchten Sie sie sehen?«

»Natürlich. Da bekomme ich garantiert noch mehr Kindheitserinnerungen.«

Alle vier bewegen sich nun Richtung Ausgang. Magnus gibt humpelnd das Schlusslicht ab. Den Gedenktafeln an der Friedhofsmauer schenken Blandine und Magnus keine Beachtung mehr.

So bleibt auch *Luis Roi* für sie unter dem Efeu verborgen.

*

Neben Blandines Mini steht die Oldtimer-Limousine. Welch ein Anblick.

Als Sonnenstrahlen auf das viele Chrom der Stoßstangen und der umlaufenden Zierleisten treffen, entstehen richtige Blitze. Das Rot des Wagens entspricht fast dem Farbton von Blandines Gefährt. Alt und Jung neben einander, getrennt durch ein halbes Jahrhundert Automobiltechnik.

In größter Andacht nähert sich Magnus dem einstigen Statussymbol. Zärtlich, wie der Schopf eines kleinen Kindes, berührt er den kleinen runden Außenspiegel. Das Verdeck ist zurückgeschlagen.

Seine Hand streift die Fahrertür. Die Scheiben sind heruntergekurbelt. Der Blick in das Cockpit bringt Magnus ins Schwärmen. Die Armaturen sind im Vergleich zu heute einfach und überschaubar. Ihre Formen spiegeln die runden Scheinwerfer und Rücklichter wider.

An dem Wagen scheint alles rund zu sein.

Die Karosserie, so beschreibt sie Monsieur, gleicht dem Körper einer Frau, seine immer noch heimliche Geliebte. Das Interieur ist mit beigem Kunstleder ausgestattet. Man sitzt auf roten Polstern. Korallenrot wie der Wagen. Die vorderen Sitze sind recht schmal und hart. Die Rückbank, die ebenfalls wie die beiden Sitze deutliche Gebrauchsspuren am Leder aufweist, ist von dem Verdeck eingerahmt.

Sie wirkt somit tiefer und noch enger.

Das Stoffdach ist schwarz.

Auch hier sieht man bei näherem Hinschauen die Spuren der Zeit.

Nach Monsieurs Auskunft ist es aber dicht und lässt sich noch mühelos ohne große Elektronik umschlagen. Für die vier ist der Anblick der *Dauphine Gordini* eine Reise in die Vergangenheit.

»Und Sie besitzen diesen Wagen schon seit den 1960er Jahren?«, fragt Magnus, um sich den Neid nicht anmerken zu lassen.

»Genau seit dem 10. August 1965. Ich würde ihn niemals gegen einen anderen Wagen eintauschen.«

»Das glaube ich Ihnen«, sagt Magnus, während er, immer noch eine Hand am Wagen, sich langsam drumherum bewegt.

»Sie haben ein altes französisches Kennzeichen?«, stellt er mit Blick auf den Kofferraum fest.

»Tja, das ist so eine Sache«, seufzt der Alte.

»Es ist das alte Pariser Kennzeichen mit der 75 am Ende. Die Schrift ist weiß, der Untergrund schwarz.

Ich lebte damals in *Neuilly* bei Paris und habe den Wagen

einfach bei meinem Umzug nach Belgien nicht umgemeldet. Somit ist es ein Original. Klar darf ich meine *Dauphine* mit dieser Nummer heute nicht mehr zulassen. Hier in Belgique gibt es keine historischen Autokennzeichen wie in Deutschland. Folglich fahre ich einfach so.«

»Was sagt der TÜV dazu?«, will Magnus wissen.

»Rien. Kein TÜV. Keine Fragen. Ich fahre so selten. Meist nur Nebenstraße. Außerdem fahre ich ganz vorsichtig, nehme niemanden die Vorfahrt und stehe stets mit einem Fuß auf der Bremse.«

»Heißt das, dass Sie den Wagen auch nicht versichert haben?«

»Mmh, genau. Aber behalten Sie dies lieber für sich.«

Madame zeigt auf ihre Armbanduhr. »Mon Cheri, wir müssen jetzt fahren, sonst kommen wir noch zu spät zur Vernissage. Das möchte ich auf gar keinen Fall. Entschuldigen Sie uns bitte.«

»Aber ja. Es war schön, Sie getroffen zu haben. Wenn auch die Umstände etwas eigen sind. Passen Sie gut auf Ihren Oldtimer auf. Vielleicht sehen wir uns ja mal wieder. Wir bleiben noch ein, zwei Tage hier in der Region.«

Eine Minute später rollt der Veteran ganz langsam über den Splitt zur Landstraße. Das Ehepaar sitzt sehr tief in den Sitzen. Man sieht lediglich die Köpfe, die sie unter dunklen Lederhelmen verstecken. Madame winkt den Schmitts noch bis zur nächsten Biegung nach.

»Was sind denn das für nette Leute? Wir haben sie gar nicht nach ihren Namen gefragt und ob sie hier aus der Gegend sind«, sagt Blandine, während sie sich ihr seidenes Kopftuch für die Weiterfahrt umbindet.

Magnus entblößt seinen dicken Zeh und antwortet etwas

undeutlich, da er den Kopf nach unten gebeugt hat: »Ja, wir hätten die beiden wirklich mehr über die Kapelle, ihre Namen und vor allen Dingen hätten wir auch von unserer Mission erzählen sollen.

Jetzt ist es zu spät. Sie sind weg.«

»Stimmt, das hätten wir tun können. Die beiden sind bestimmt hier aus der Gegend. Wie alt schätzt du sie?«

»Lass uns mal nachrechnen. Es ist sein erstes Auto, das er 1965 gekauft hat. Damals könnte er wohl Anfang zwanzig gewesen sein. Somit ist er, ich schätze, zwischen 1940 und 1945 geboren. Mitten im Krieg. Folglich dürfte Monsieur gut Mitte siebzig sein. Oder was meinst du?«

»Könnte passen. Seine Frau ist wohl gleich alt. Beide scheinen aber noch körperlich und geistig recht fit zu sein.«

»Durchaus. Es ist wirklich schade, dass wir nicht mehr über sie erfahren haben. Fahren wir weiter?«

»Klar. Erst einmal zurück zur Straße und dann in die gleiche Richtung, wie die beiden Alten gefahren sind. Vielleicht holen wir sie mit unserem schnellen, kleinen Flitzer noch ein?«

*

Blandine sitzt am Steuer. Magnus will lieber seinen Fuß schonen.

Auch sie rollt langsam von dem Parkplatz. Lässt noch den Motorradfahrer vorbei, bevor sie der Sonne entgegenfährt. Beide klappen die Sonnenblenden runter, um den blitzenden Sonnenstrahlen auszuweichen. Magnus hält verbissen Lulus Zeichnung in der Hand. Sie wollen sich auf keinen Fall wieder verfahren.

Die Straße oder besser was davon übriggeblieben ist ist nicht nur schmal, sondern auch nach ein paar Metern mit dicken Pflastersteinen ausgelegt. Diese scheinen nur lose auf der vermeintlichen Fahrbahn zu liegen. Blandine bemüht sich, ihnen im Schritttempo auszuweichen. Es gelingt ihr mehr oder weniger gut. Gelegentlich klappert es unter dem Wagen.

Von der *Dauphine* ist nichts mehr zu sehen. Sie ist verschwunden, obwohl die alten Herrschaften bestimmt nicht schnell gefahren sind. Außerdem steuert Monsieur mit Sicherheit sehr bedacht den alten Wagen.

Es gibt rechts und links der Holperstrecke nur hohes Gras. Kein Baum, kein Strauch mehr. Blandine weicht zwei entgegenkommenden Autos ins seitliche Grün aus. Mit der linken erhobenen Hand bedankt sich jeder Fahrer. Sie schleichen förmlich, bis sie auf der linken Seite eine hohe Natursteinmauer sehen. Das muss laut Skizze der Gutshof sein. Blandine fährt weiter im Schritttempo die gesamte lange Mauer entlang.

Es sind grob geschätzt zweihundert Meter, bis eine riesige hölzerne Toranlage das weitere Bauwerk unterbricht. Neugierig schauen sie in das offen stehende Areal. Leider verdeckt eine riesengroße Linde ihren Blick. Sie steht in geringem Abstand direkt hinter den Toren.

Magnus fordert seine Frau auf, doch einfach hier an der rechten Straßenseite zu parken, um sich das Gut näher anzusehen. Blandine hat Bedenken, einfach so unvermittelt zu parken. Sie fährt daraufhin bis an das Ende der Natursteinmauer, um dort den Wagen abzustellen. Hier finden sie einen kleinen Parkplatz unter weiteren Linden vor. Im Schatten der Bäume parken schon einige Autos.

Sie stellen sich einfach dazu, steigen aus und schauen sich rundum sowohl die Landschaft als auch das Bauwerk an. An den Parkplatz grenzen Wiesen mit vielen Hecken und einigen Baumriesen. Die Hitze des Sommers hat auch in der freien Natur Spuren hinterlassen.

Die Mauer ist hier genauso wie an der Straße über drei Meter hoch. Sie ist alt, aber offensichtlich nicht baufällig. Auf den ersten Blick sind keine beschädigten oder ausgebesserten Stellen erkennbar.

Hier und da sind Kletterpflanzen bis über die Mauerkronen gewachsen. Vereinzelt überragen Häusergiebel mit auffallenden Schornsteinen die Ummauerung.

Blandine und Magnus tauschen ihre unterschiedlichen Gedanken aus, während sie den kleinen Weg vom Parkplatz zum Tor gehen. Sind sie überhaupt an der richtigen Adresse? Sollen sie wirklich hineingehen?

Warum ist hier ein Parkplatz und wieso ist er gerade heute so viel besucht? Besonders Blandine ist von Zweifeln geplagt. Sie haben bislang keine Hinweistafel, kein Namensschild gesehen. Dass eine rote *Dauphine* zwischen den anderen parkenden Autos steht, fällt den beiden nicht auf. Am Eingang der Hofanlage angekommen, fällt ihnen ein winziges, aber hübsch gestaltetes Papierschild mit dem *Vernissage Entre libre* auf. Es hängt am Holztor, das sehr weit nach innen geöffnet ist und erst beim Eintritt sichtbar wird.

»Ich glaube, dass wir hier schon richtig sind. Wir sind

doch jetzt genau nach Lulus Karte gefahren. Außerdem hat sie doch etwas von Künstlern und Ausstellungen erzählt«, sagt Magnus zu seiner Frau, während sie beide um die dicke Linde herumgehen.

»Du hast wohl recht. Schau dich hier mal um. Überall stehen Skulpturen aus Holz. Es ist niemand zu sehen.«

In der Tat ist niemand außer den beiden hier. Im Innenhof ist es angenehm kühl. Die Blätterdächer der zahlreichen Linden spenden gehörigen Schatten.

Die Fugen des großformatigen Kopfsteinpflasters sind mit dunkelgrünem Moos ausgefüllt. Unter den Füßen spürt man deutlich jede Unebenheit. Blandine hängt sich vorsichtshalber lieber bei Magnus ein, um sicheren Stand zu haben. Aus den in den Linden versteckten Lautsprechern ertönt kaum hörbar zarte Klaviermusik.

Unübersehbare Skulpturen stehen zum Teil sowohl in kleinen Gruppen als auch solitär unter dem ganzen Baumdach. Alle haben auf den ersten Blick erkennbar den Charakter von indianischen Marterpfählen, jedoch mit menschlichen Gesichtszügen. Der Künstler hat aus dicken und dünneren Bäumen in unterschiedlichen Höhen seine Werke gestaltet. Sie sind fein und aufs Detail ausgearbeitet. Man erkennt deutlich die Arbeit der Kettensäge.

Blandine und Magnus betrachten die Objekte genauer. Dabei fällt ihnen auf, dass die Skulpturen aus dem einstigen Baumbestand entstanden sind. Sie alle stehen noch mit ihrem Wurzelwerk verankert im Erdreich. Was ihnen fehlt, ist der Kronenaufbau.

Hier haben vor Jahren zu viele Linden gestanden, die, anstatt dass sie komplett abgeholzt wurden, zu Kunstobjekten mutierten. Dies scheint noch nicht all zulange her zu sein. An Ort und Stelle wurde gearbeitet. Das Holz ist naturbelassen und zeigt noch keine großen Spuren der Verwitterung. Am Boden liegen vereinzelt noch Häufchen von Sägespänen.

Der süßliche Duft der übrig gebliebenen Linden vermischt sich mit dem Sägemehl zu einer ganz intensiven Note.

Bei Dämmerung, so überlegen die Schmitts, könnte der ganze Innenhof sehr unheimlich und gespenstisch wirken. Jede Figur hat ihren eigenen Charme. Keine gleicht der anderen. Noch wissen sie nicht, was genau oder wen Sie darstellen und wer sie angefertigt hat. Nirgendwo ist ein Hinweis.

»Lass uns doch mal dort links rübergehen!«, fordert Magnus Blandine auf, während er mit dem Zeigefinger auf die Lücke zwischen den zwei großen doppelstöckigen Häuser zeigt.

*

Es sind gut fünfzig Meter, bis die beiden durch die Häuserlücke in einen weiteren Innenhof gelangen.

Dort vernehmen sie ebenfalls Musik. Jedoch ist sie dieses Mal live. Auch hier stehen dicke, alte Linden. Sie sind hier dachförmig gezogen, um mit ihrem großen Blätterwerk noch mehr Schatten zu spenden. In Hufeisenform gepflanzt umgeben sie einen riesigen Seerosenteich. In einer offenen

U-Form tummeln sich Leute auf einem Tanzboden, begleitet von einer Musikband.

Der Anblick gleicht einem kitschigen *Pilcher*-Film.

Magnus und Blandine überlegen, ob sie nicht doch besser
umkehren sollen. Das sieht hier eher nach einer privaten
Veranstaltung aus als nach einer freien Vernissage.
»Tock, tock, tock«, hallt es über die Lautsprecher.
Die Musik ist aus.
»Tock, tock, tock, hallo Mesdames et Monsieur, je vous
demande quelques minutes d'attention.«

Sofort verstummen alle Gäste.
Die Blicke richten sich auf das Podium.

Dort hält ein schlanker Mann das Mikrofon in der Hand.
Im ersten Moment wirkt er mit seinen langen, grauen Haaren, die unter einem Strohhut mit breiter Krempe heraus-
quellen, etwas ungepflegt. Das Gesicht ist gut gebräunt,
glatt rasiert und von tiefen Falten geprägt. Die relativ große
rote, runde Brille verstärkt seinen Charakterkopf. Seine ha-
gere Gestalt steckt in einer hellblauen, verwaschenen Jeans,
die auch schon mal bessere Zeiten gesehen hat, ebenso das
weiße, halb geöffnete Leinenhemd. Dazu trägt er primitive
Sandalen. Hals und Armgelenke sind mit etlichen Leder-
bändchen geschmückt.
Seine Stimme klingt sehr rauchig, dennoch liebenswert.

Dem wallonischen Dialekt können Blandine und Magnus
nur mühsam folgen.

Es geht um die Vernissage, die er zusammen mit Monsieur *Jean-Paul Dinard* jetzt eröffnet.

Die Skulpturen im Vorhof sind die Werke seines Freundes, den er vor vielen Jahren in *Stralsund* kennengelernt hat.

Damals waren sie junge Studenten an der Kunstakademie in Berlin gewesen, die in den Semesterferien zum Geldverdienen an die Urlaubsküste gegangen sind.

Damals lebten sie, genau wie heute, auf einem etwas heruntergekommenen Gut. *Jean-Paul* studierte Design mit dem Schwerpunkt Plastiken, während er sich mit geometrischen Formen auseinandersetzte. Und das bis heute. Mehr über seine Werke will er bei dem Rundgang durch die Ausstellungsräume erzählen.

Er kündigt *Jean-Paul Dinard* mit einer tiefen Verneigung an.

Mit kühnem Hechtsprung platziert sich *Jean-Paul* neben seinem Freund, dessen Namen Blandine und Magnus aus dem bisherigen Monolog noch nicht erfahren haben. Monsieur *Dinard* ist fast das Double seines Vorredners. Die gleiche Figur, das gleiche Outfit, lediglich das Gesicht wirkt rundlicher und die Haare sind zu einem langen Zopf zusammengebunden.

Seine Brille ist eckig mit schwarzer Einfassung. Die Stimme ist nicht ganz so tief, gibt unmissverständlich preis, dass er Deutscher mit einschlägigem wallonischen Akzent ist. Blandine und Magnus suchen sich einen Weg durch die vielen Besucher, um näher an die beiden Künstler zu kommen.

Jean-Paul begrüßt ebenfalls die zahlreichen Gäste und bedankt sich bei seinem Freund und Kollegen.

Er erzählt erst von seiner Zeit in Stralsund, dann von *La Roche*, der hier auf dem alten Gutshof seinen Lebensabend verbringen darf. Erst hier habe er sich den Künstlernamen *Jean-Paul Dinard* zugelegt, da er seinen gebürtigen Namen zu unspektakulär findet.

Er wolle nicht so heißen, wie wohl die meisten Deutschen. Mehr verrate er nicht. Seit dieser Zeit genieße er sein Leben als freischaffender Künstler. Ab und an gibt er Kurse für Arbeiten mit einer Motorsäge hier im Hof. Somit kann er seinen Lebensunterhalt bestreiten, freut sich aber auch über Aufträge mit ganz besonderen Wünschen.

*

Ein röhrendes Geräusch durchbricht die Stille. Jean-Paul hockt inmitten von Spänen, hebt die ratternde Kettensäge an.

Vor ihm steht ein Baumstumpf aus Lindenholz.

Er setzt die Säge an, das Geräusch wird höher und kratziger, die Späne fliegen. Seine Arme beben von der Kraft der Säge, die Stirn zieht sich in Falten. Trotz des ohrenbetäubenden Lärms umgibt den Künstler eine Atmosphäre der Stille, hier inmitten seiner offenen Werkstatt im nächsten Innenhof. Holzspäne in der Luft, das Zucken der Kettensäge, das Vibrieren im Körper – der Künstler weiß, dass seine Arbeit nicht ungefährlich ist.

»Man sollte es körperlich nicht übertreiben.

Diese Arbeit geht sehr an die Substanz«, sagt der Holzgestalter. Konzentration ist unabdinglich, die Kettensäge ist bei einem Unfall erbarmungslos. Für ihn ist die Arbeit am Holz heilsam.

»In dem Moment, in dem ich säge, bin ich ganz bei mir«, sagt er. An seinem Arbeitsplatz kann niemand hereinplatzen – und wenn, dann nur mit Sicherheitsabstand.

In hohem Bogen sprühen Späne umher, während Jean-Paul das lange Blatt der Motorsäge in den Stamm versenkt. Mit sicheren Schnitten gibt er dem Stamm die erste grobe Struktur. Schneidet senkrecht eine Scheibe vom Holz ab, trennt schräg ein weiteres Stück aus dem Stamm heraus, schaut, geht um ihn herum und findet den Ansatz für den nächsten Sägeschnitt.

»Das wird ein guter *Dinard*«, erklärt er.

Mit etwas Fantasie ist tatsächlich schon nach dieser ersten Behandlung des Stammes so etwas wie eine Figur zu erkennen. Das Publikum steht im Kreis um *Jean-Paul Dinard*, während er sein Werk in dem dritten Innenhof des Hofgutes bearbeitet. Unverkennbar sind hier die Schaffensräume der beiden Künstler.

Vier große nach außen geöffnete Türen mit blinden kleinen Glasscheiben geben den Blick in die Werkstatt von Monsieur *Dinard* und in das Atelier von *La Roche* frei. Es sind die ehemaligen Werkräume einer Schreinerei. Nicht nur der Zahn der Zeit hat deutlich seine Spuren hinterlassen, auch die Künstler selbst. Aufräumen und Ordnunghalten ist nicht jedermanns Geschäft.

Da stehen altgediente Hobelbänke, Holzböcke, rohe und

raue, dick eingestaubten Bretter zieren die Backsteinwände. Schraubzwingen in allen möglichen Längen stapeln sich neben dem Holzofen. Ausgediente Schablonen aus Holz hängen zusammen mit ebenfalls nicht mehr brauchbaren Leisten und Lättchen unter der Decke. Rostige Blecheimer mit irgendwelchen Substanzen gammeln in einer Ecke vor sich hin.

Auf einer vermeintlichen Werkzeugbank sind mittendrin Motorsägen, Ketten und Kleinteile zu sehen. Daneben stehen leere Staffeleien mit vielen Farbspuren. Zugehängte Leinwände, so groß wie Zimmertüren, verdecken bestimmt noch weitere Überreste aus der Zeit, als hier noch ein reges Treiben herrschte.

Ein Schreibtisch, besser was davon übrig geblieben ist, biegt sich durch die Last der Farbtiegel, Pinsel, Flaschen und des sonstigen Künstlerwerkzeugs ganz nach unten. Man stellt sich die Frage, ob dieser Anblick bewusst, also zur Schau, oder das Leben und Wirken der Künstler, widerspiegelt. Holzspäne und feinstes Sägemehl lassen den Betrachter eher auf Letzteres tippen.

Der einzigartige Duft nach frisch gesägtem Holz ist bester Beweis dafür.

Ganz anders ist der lichtdurchflutete Ausstellungsraum von Monsieur *La Roche*, den man direkt hinter der Schreinerwerkstatt vorfindet.

Nur durch einen kleinen, schmalen und dunklen Gang erreichbar. Hier sind die groben Steinwände weiß getüncht. Der Steinboden ist fein säuberlich gefegt und der gesamte Raum mit zusätzlichen Strahlern ausgeleuchtet. Dies scheint die einstige Scheune gewesen zu sein.

Das Scheunentor wurde durch eine feststehende Glaswand ersetzt. Die Fenster wurden nach unten vergrößert und die einstigen Pferche zu kleinen Schauwänden umfunktioniert.

Der ganze Komplex misst eine Länge von circa fünfzehn mal zwanzig Meter. Die Höhe des Raumes ist beachtlich. Sicherlich gab es früher ein Zwischenlager.

Alle Bilder haben verschiedene Formate und eine unterschiedliche Leinwandstruktur, lediglich die Farbgebung der geometrischen Formen wiederholt sich.

La Roche erklärt den Anwesenden, dass er sich seit seiner Zeit in Stralsund mit bunten Kreisen, Quadraten und Dreiecken beschäftigt. Angefangen habe alles damit, als er alte Bleirahmen von Kirchenfenstern gefunden habe und diese als Schablone für sein erstes Versuchswerk zweckentfremdete. Er gibt an, die Farbe nicht mehr in die Form bringen zu müssen, stattdessen befreie er sie für eine stärkere Wirkung.

Ein Bild ergibt sich immer aus dem anderen. Von seinen Sechs- und Achtecken, Kreisen, Quadraten und Rechtecken kann er nicht genug bekommen. Nie hat er geglaubt, dass diese Phase ihn so lange beschäftigen wird. Noch immer ist er auf der Suche nach dem endgültigen Bild, mit dem er letztlich diesen Zyklus irgendwann einmal beschließen kann. Große Ausstellungen habe er nur wenige gehabt. Dies liege Jahrzehnte zurück.

Jedoch gab es immer Förderer und Gönner seiner Kunst. Besonders stolz sei er auf das drei mal sechs Meter große Werk, welches seinerzeit das Foyer im Bundestag in Bonn geschmückt habe. Später erwarb ein ranghoher amerikanischer Staatsmann das Bild für teures Geld. Sogar einem Segelmacher gab er die Lizenz, seine geometrischen Formen als neues Markenzeichen auf Großsegel verwenden zu dürfen. Heute sei er froh und glücklich mit seinem Leben, hier an seinem Geburtsort wieder wirken zu können. Leider fehle ihm das nötige Geld, den Gutshof wieder so zu restaurieren und zu bewirtschaften wie einst. Schließlich seien sein Freund *Dinard* und er von St. Vith nur geduldete Nutznießer, dass es nicht ganz zur Ruine zerfällt. Das Gut sei in der Obhut der Stadt, bis sich die Besitzverhältnisse eindeutig geklärt hätten.

*

»Welch ein Zufall, Sie hier wiederzutreffen.«

Magnus und Blandine stehen vor einem der großen Bilder in der offenen angrenzenden Galerie. Das ältere Ehepaar überrascht die beiden wieder.

Diesmal schütteln sie sich nicht nur herzlich die Hände, sondern nähern sich mit einem zarten Streicheln über die Arme.

»Ja, ist es wirklich Zufall oder soll uns etwa das Schicksal zusammenbringen?«, kommt Blandine leise über die Lippen. Ihre Worte wirken fast wie ein Überfall. Sie möchte jetzt die Gelegenheit für ein Gespräch nutzen. Auf keinen Fall Zeit verlieren.

»Wie meinen Sie das?«

»Nun, meine Frau und ich haben ein besonderes Anliegen an Sie. Nachdem Sie uns erzählt haben, dass Sie hier in der Gegend leben, sich bestens auskennen, hätten wir Sie schon das letzte Mal nach diesem Gutshof fragen sollen. Haben jedoch nicht so weit gedacht, bis vorhin. Aber wir sind auch so fündig geworden.«

»Sie interessieren sich für die Vernissage?«

»Ja, auch, aber eigentlich waren wir auf der Suche nach genau diesem Gutshof. Wir glauben nun am richtigen Ort zu sein, nicht wahr Blandine?«

»Wollen wir vier uns nicht in dem ersten Innenhof unter den dicken Bäumen ein wenig hinsetzen, um auf unsere dritte Begegnung anzustoßen?«, schlägt Monsieur vor. Die Schmitts willigen sofort ein. Gemeinsam arbeiten sie sich durch die Menschenmenge, die sich schlagartig hier versammelt hat.

Sie haben Glück.

Ein Tisch mit alten, rustikalen Bahnhofstühlen unter einer Linde ist gerade frei geworden. Inzwischen sind die Zeiger der Uhr auf halb drei vorgerückt.

Außerhalb des schattigen Hofes ist es glühend heiß. Sichtlich zufrieden lassen die vier sich nieder, um sofort bei der Kellnerin kühle Apfelschorle zu ordern. Zunächst wechseln die Paare Höflichkeitsfloskeln über den heißen Sommer, die vielen kunstinteressierten Besucher, über die Sprache, und, und, und, nichts Persönliches.

»Gestatten Sie, dass wir uns nun vorstellen«, bekennt sich Magnus, nachdem das Gespräch nach einer Weile zu versiegen droht.

»Wir sind *Blandine und Magnus Schmitt* aus *Bistelle* in Deutschland. Unweit der französischen und luxemburgischen Grenze.«

»Bon jour, tres jolie. Wir sind die *Alberts*. Wir wohnen in einer Seniorenwohngemeinschaft in *Hermage*.

Das ist ein kleiner Ort gleich um die Ecke.«

»Nein, nein, das ist kein Zufall, das ist vorbestimmt!«, schallen Blandines Worte etwas zu schrill durch ihre vor den Mund gehaltene Hand. Erschrocken hinterfragt Madame: »Wie meinen Sie das?«

»Nun, eigentlich suchen wir ein Ehepaar mit diesem Namen. Dazu wollten wir nach *Hermage* fahren. Haben uns jedoch dann entschieden, zuerst dieses Gut zu suchen.«

»Pardon, aber ich kann Ihnen nicht folgen. Wir kennen uns doch gar nicht. Oder etwa doch? Ich bin mir sicher, Ihnen noch nie begegnet zu sein«, antwortet Monsieur *Albert,* »außer heute Vormittag in der Kapelle und auf dem Friedhof.«

»Ja das stimmt. Wir müssen Ihnen jetzt erzählen, warum und wieso wir Sie überhaupt aufsuchen wollten.«

»Sie machen mich sehr neugierig.«

»Das wird ein längeres Gespräch werden und ich hoffe, dass Sie meinen Worten folgen können. Ich weiß gar nicht, wie ich anfangen soll.«

»Blandine, beginn doch mit der Postkarte und *Lulu*!«

*

»Meine Tante übergab mir im Frühjahr dieses Jahres eine uralte Postkarte. Einen Tag später war sie tot.

Mir ist heute noch ganz mulmig, wenn ich daran denke.«

Blandine sucht in ihrer Umhängetasche den Briefumschlag mit der Karte. Ihre Hände zittern.

Der Puls rast. Sie findet endlich alles und legt es mitten auf den Tisch.

»Madame *Albert*, kommt Ihnen die Handschrift bekannt vor? Sie heißen doch Tony mit Vornamen, oder irre ich mich?«

»Jaja. Ich heiße so und das war mal meine Schrift. Heute ist sie zittrig und kleiner. Wie kommen Sie an die Karte? Die ist doch uralt. Wer sind Sie?«

»Nun, ich bin die Enkelin von *Guda Hoffmann, geschiedene Rois, geborene Van Putte*.«

»Nein, das kann nicht sein! Die Karte war an *Guda* gerichtet. Sie haben die dieses Jahr erst von Pauline erhalten?«

»Das sagte ich doch. Möchten Sie sie lesen?«

»Darf ich? An den Inhalt kann ich mich im Moment nicht genau erinnern. Es ging um das Gut.«

Tony angelt sich aus der Brusttasche ihres Mannes dessen Lesebrille.

Sie setzt sich aufrecht, hält die Karte zwischen den Fingern, um dann leise mit bebenden Lippen die wenigen Zeilen zu lesen. Anschließend schaut sie über den Brillenrand sowohl Blandine als auch Magnus tief in die Augen bis die Worte »Mon dieu, die Karte gibt es noch! « über ihre Lippen kommen.

»Ist das nicht verrückt, erst nach fünfundfünfzig Jahren von dem Vermächtnis zu erfahren. Dieses Anwesen ist doch der ehemalige Gutshof der Familie *Roi*?«, will Magnus wissen, während er mit beiden Händen einen hohen Bogen über seinem Kopf beschreibt.

»Der Gutshof mit dem Herrenhaus, der Schreinerei, den Stallungen und den riesigen Ländereien war bis zum plötzlichen Tod von *Luis Rois* sein Familienbesitz.

Da es keine Erben gab, übernahm die Stadt St. Vith den ganzen Besitz, bis sich in den nächsten achtzig Jahren ein Erbe findet. Danach kommt es durch den belgischen Staat zu Versteigerung. Das ist ein Aufschub über mindestens drei bis vier Generationen.

Die Künstler sind nur Pächter einzelner Baulichkeiten mit der Verpflichtung, diese auch zu unterhalten.

Alles andere ist inzwischen verwildert und teilweise marode.«

»Sie wissen sehr viel. Können wir noch mehr Informationen erfahren?«

»Ja, das stimmt. Ich habe vieles mitbekommen und erlebt ab der Zeit, die *Luis* alleine hier residierte.

Bevor ich jedoch ausführlicher werde, möchte ich von Ihnen wissen, warum sich *Guda* nicht auf meine Karte gemeldet hat.

Sie wusste, wer ich bin.

Wann ist sie verstorben?

Was ist aus *Pauline* und *Lena* geworden?

Seit sie damals das Anwesen verlassen haben, habe ich nur einmal eine Karte von *Guda* erhalten, mit der Bekanntgabe ihrer Vermählung mit *Johann Hoffmann*. Das sind Jahrzehnte her. Ich selbst habe erst mit dreiundfünfzig *Gilles* geheiratet. Also ziemlich spät.« Liebevoll streicht Tony die Wange ihres Mannes, der ihre Hand ergreift, um sie zart zu küssen.

»Gewiss, ma chere, aber besser spät als nie. Ich bin froh, dich gefunden zu haben.«

»Noch mal zurück. Wieso wollten Sie mich ausfindig machen und woher haben Sie die Information, wo ich heute lebe? Auf der Karte steht doch nur mein Vorname.«

»Es war purer Zufall, dass wir ausgerechnet in *Lulu's Bistro*, auf dem Weg nach St. Vith, gelandet sind.

Sie kennen doch *Lulu*?«

»Klar, was wollten Sie in St. Vith?«

Nun berichtet Blandine von ihrem eigentlichen Vorhaben. Das Ehepaar *Albert* hört gespannt zu, bis Tony die sehr empfindliche Frage nach einer möglichen Inanspruchnahme des Gutshofes stellt.

Blandine wechselt die Gesichtsfarbe.

Die Sonnenbräune wird zur Leichenblässe.

»Warum fragen Sie das? Was haben Sie damit zu tun? Wie es aussieht, sind Sie doch lediglich eine Bekannte von Großmama *Guda* gewesen! Oder irre ich mich?«

»Nein. Ich war, als *Guda* mit den Kindern den Hof verlassen hat, auch noch ein kleines Kind.«

»Lebten Sie auch auf dem Gutshof?«, kommt die Zwischenfrage von Magnus.

»Anfangs nicht. Später ja.«

»Erzählen Sie bitte weiter. Das klingt aufregend!«

»Ist es auch. Es wird etwas länger dauern. Haben Sie heute noch etwas vor?«

»Wir waren doch auf dem Weg, Sie in *Hermage* aufzusuchen. Möglicherweise wissen Sie mehr über die Familie *Rois*, das Gut und, und, und. Deswegen sind wir heute hier.«

»Meine Eltern, meine Großeltern und Urgroßeltern waren gute Bekannte von den *Rois*. Zu jeder Festlichkeit, zu jeder Jagd im Herbst wurden sie eingeladen. Unser Anwesen stand in *Pont Neuf*.

Heute gibt es weder den Ort noch unser Haus mehr. Alles ist während des Krieges ausgebombt, total zerstört und später plattgemacht worden.

Es war grauenvoll, dies alles mit anzusehen.

Ich habe dort nicht nur mein Zuhause, sondern auch

meine ganze Familie verloren. Ich stand plötzlich mit meinen zehn Jahren alleine da. Einfach alles weg.

Auf einen Schlag«, erzählt Tony mit leichtem Wimmern in der Stimme. »*Luis Rois* hat mich aufgenommen, sich um mich gekümmert und versorgt. Er war zu diesem Zeitpunkt schon lange alleine. Irgendwie trauerte er *Guda* immer noch nach. Oft erzählte er von ihr und von Pauline und Lena. Nur seinen Eltern wegen hatte er auf einer Scheidung bestanden. Stammhalter und Erbe hin oder her. Er hatte nie den Mut, wieder Kontakt mit *Guda* aufzunehmen. Auch die Frage um das Wohlergehen der Töchter wurde verdrängt.

Er neigte dazu, depressiv zu werden. Gelegentlich sperrte er sich über Nacht in der Schreinerei ein. Dort hobelte er wahllos Bretter und Balken glatt oder schuf kleine tierische Kunstwerke.

Die Späne flogen nur so um ihn. Am Morgen danach war er besänftigt.

Der Duft nach Sägemehl, so sagte er stets, sei für ihn eine Befreiung von seinen bösen Gedanken.«

*

»Sie haben *Luis Rois* gut gekannt, nicht wahr? Wie lange haben Sie dort gelebt?«

»Nun bis zu seinem Tod.«

»Wann war das?«

»Am 16. August 1962«, ächzt Tony und trinkt ihr Glas in

einem Zug leer. »Ja. Das weiß ich deswegen so genau, da es mein Geburtstag ist.«

»Heute ist der 16. Sie haben heute Geburtstag. Herzlichen Glückwunsch.«

»Genau, ausgerechnet an meinem Geburtstag brachte er sich um.«

»Sie haben ihn umsorgt?«

»Ja. Ich habe ja dort gelebt.«

»Hatten Sie keine eigene Familie? Warum hat er sich umgebracht? Wissen Sie mehr?«

»Mon dieu, das werde ich Ihnen alles noch erzählen. Aber erst einmal sollten wir etwas zu trinken bestellen.«

Nachdem ein weiteres Tablett mit kühler Schorle auf dem Tisch steht, fährt Tony mit ihrer Geschichte fort.

»*Luis* hat sich erhängt. Er ist ein Selbstmörder. Selbstmörder werden nicht bei ihren Angehörigen beigesetzt.

Wissen Sie das?«

Eine Antwort erwartet sie nicht.

»Hier in Belgien werden sie ohne christliche Zeremonie am Rand des Friedhofs vor der Mauer beigesetzt. Erinnern Sie sich an unsere Begegnung von heute Vormittag in der kleinen Kapelle und auf dem Friedhof?«

Blandine und Magnus sehen sich an und nicken lediglich mit dem Kopf. Sie finden keine Worte.

Beide haben den gleichen Gedanken, wie so oft. Was wird ihnen die alte Frau nun berichten?

Es ist kein Zufall, ausgerechnet dort …

»Genau an der Stelle, an der wir uns das zweite Mal begegnet sind und wir Sie fragten, was Sie dort machen, ist

Luis Rois begraben. Die Inschrift auf der Wandtafel ist von Efeu ganz bewachsen, also nicht sofort ersichtlich. Warum haben Sie sich ausgerechnet da an dem Grün zu schaffen gemacht? Wussten Sie, dass er dort liegt?«

»Nein, nein. Das war eine Reflexhandlung und pure Neugierde«, antwortet Magnus.

»Nur durch meine Dummheit, das heißt, ich habe mich verfahren, sind wir an der Kapelle und auf dem Friedhof gelandet. Neugierig, wie wir nun mal sind, haben wir uns erlaubt, beides anzuschauen.

Sie, Monsieur Albert, sagten heute früh, dass Sie öfters die Grabstätte besuchten, um einer Liebschaft Ihrer Frau die Ehre zu erweisen. Das ist doch richtig? Nicht wahr? Wenn ich jetzt kombiniere, besuchten Sie das Grab von Luis!«

»Sie haben mir aufmerksam zugehört. Ja. Heute gibt es einen besonderen Anlass. *Luis'* Todestag jährt sich zum fünfundfünfzigsten Mal«, bestätigt Gilles.

»Das ist schon so lange her. Dennoch vergesse ich nie den Augenblick, als *Charles*, der Knecht, in das Herrenhaus gerannt kam und brüllte: ›Der Herr ist tot. Er hat sich früh morgens, bevor die Helfer kamen, in der Tischlerei erhängt.‹

Gleich darauf standen alle, das ganze Personal, *Tonny* und ich, um ihn herum. Der gerufene Pastor wollte angesichts des Selbstmordes nicht kommen. Der Tierarzt stellte den Todesschein aus. Das Begräbnis fand in aller Stille statt. Nur die auf dem Gut lebenden Leute waren zugegen. Keiner der Nachbarn, keiner aus dem Dorf wollte ihm die letzte Ehre erweisen.

Vier Wochen später mussten alle den Hof auf Anweisung der Stadt verlassen. Wir fanden kein Testament. Somit gab es keine Erben. St. Vith nahm das Anwesen an sich. Bis heute.«

»Was haben Sie dann gemacht? *Tonny* ist Ihr Sohn? Sie haben also doch eine Familie?«

»Ja, *Tonny* ist mein Sohn. Eine richtige Familie waren wir erst, als *Gilles* und ich heirateten. Ich bin zwar zehn Jahre älter als mein lieber Mann, aber das macht uns gar nichts aus.«

»Den Altersunterschied sieht man nicht, das soll ein Kompliment an Sie sein«, kommt es Magnus locker und leicht über die Lippen.

»Seit dieser Zeit hat niemand, weder aus der Familie *Rois* noch aus der näheren Verwandtschaft, ein Anrecht auf das Gut gestellt?«

»Nein, wer sollte denn. Es ist niemand da, außer …«, Tony beißt sich auf die Unterlippe.

»Meinen Sie etwa, unser Sohn könnte ein Anrecht darauf haben? Das wäre wohl aus genetischer Sicht realistisch, stünde aber erst an dritter Stelle in der Nachfolge.«

»Nicht ganz«, entgegnet Tony mit einem leicht verbitterten Unterton.

»Da gibt es noch eine ganz wichtige Tatsache, deren Beweis heute nicht mehr zu erbringen ist.«

»Jetzt spannen Sie uns bis aufs Äußerste auf die Folter.«

Gerade als Tony den Mund öffnen will, kommt Monsieur *La Roche* an den Tisch.

»Pardon, darf ich kurz stören?«, den Blick auf Gilles und Tony gerichtet, fährt er ohne Umschweife fort. »Schön, dass ihr gekommen seid. Wollen wir nachher noch ein Glas Rotwein zusammen trinken und auf dich anstoßen?«

»Wo und wann wollen wir uns treffen?«

»Am besten in der Küche. Dort ist es gegen siebzehn Uhr bestimmt ruhiger.« Ohne eine Antwort abzuwarten, verschwindet er so geräuschlos, wie er gekommen ist.

»Entschuldigen Sie bitte, das war *Tonny La Roche*, Künstler und Nutznießer dieses Anwesens. Er und sein Freund sind sozusagen die Hausherren hier.

Heute haben sie eine tolle Vernissage. Finden Sie nicht?«

»Monsieur *La Roche* ist Ihr Sohn?«

»Ja. *Tonny La Roch*e ist mein ganzer Stolz.«

»Sie haben damals zusammen mit ihm und Ihrem Mann hier gelebt?«

»Das sagte ich doch bereits. Er ist hier geboren, hat seine erste Kindheit bis zu jenem schrecklichen Tag im Gutshaus verbracht. Dann mussten wir weg.«

»Jetzt sag es schon, Tony«, fordert Gilles von seiner Frau.

»Kurz und gut. Ich war *Luis* sehr zugetan. Ich war seine heimliche, junge Geliebte. 1950 kam unser gemeinsamer Sohn zur Welt. Leider hat er sich nie offiziell zu seiner Vaterschaft bekannt. Das heißt, dass es kein Dokument gibt, welches belegt, dass *Tonny* der rechtmäßige Erbe des Anwesens ist. Jeder hier wusste es, verlor aber kein Wort darüber. *Luis* liebte seinen Sohn. *Tonny* durfte ihn nur mit dem Vornamen anreden. Wir hatten zu *Luis'* Lebzeiten ein schönes Auskommen. Es war die Zeit des Aufbruchs. Das Gut erwirtschaftete mit allen seinen Tätigkeiten gute Gewinne. Dennoch war *Luis* unzufrieden, depressiv und ein schwieriger Mensch. Ich war naiv, zu dumm und unerfahren, um das Kind und mich rechtzeitig von ihm absichern zu lassen.

Hätte er es getan, wäre dies auch ein Zugeständnis seiner Vaterschaft. So ist alles anders gekommen.«

»Wir müssen uns noch einmal zusammensetzen, um Klarheit in das Leben von *Luis* und ihrem Sohn zu bringen. Finden Sie nicht auch?«, fragt Blandine und ergreift Tonys Hände über dem Tisch.

»Ja, das sollten wir. Von Ihnen wissen wir ja noch nicht so viel. Ich schlage vor, dass wir uns morgen wieder treffen. Erst will ich mit *Tonny* in Ruhe über Ihr Auftauchen und was das bedeuten kann, reden.«

»Ja, natürlich, treffen wir uns morgen gegen zehn Uhr vorne am Tor oder lieber bei *Lulu*?«

»Ich würde sagen, zuerst bei *Lulu*. Anschließend können wir dann hierherfahren und mit *Tonny* reden, wenn er bis dahin schon wach ist. Wir haben *Lulu* lange nicht gesehen. Sie ist immer so viel beschäftigt, dass sie kaum Zeit hat, ihre Mutter zu besuchen. Die wohnt nämlich in unserer Alters-WG in *Hermage*.«

»Das hat *Lulu* uns bereits gestern Abend erzählt.«

»Ja, sie redet gern und viel über andere Leute. Übrigens hat ihre Mutter mir damals, nachdem wir das Gutshaus verlassen mussten, Asyl gegeben.«

*

Die Verabschiedung ist sehr herzlich. Für den anderen Tag haben sie sich um zehn Uhr in Lulu's Bistro verabredet.

Die Schmitts machen mit dem Handy auf die Schnelle noch ein paar Fotos. Sie fallen anschließend total aufgewühlt in ihr Auto. Magnus hat seinen angestoßenen Fuß

längst vergessen. Sie sind total von den Neuigkeiten über-
wältigt, jeder wiederholt die Worte des anderen. Es dauert
noch eine geraume Zeit, bis Magnus den Motor startet.

Langsam tastet er sich auf die Landstraße zurück, um
Lulus Auberge anzufahren.

Die Fahrt verläuft, bis auf wenige Angaben, wie sie fahren
sollen, ohne große Konversation.

Jeder ist in sich gekehrt.

Erst als sie den Parkplatz erreichen, sagt Magnus: »Jetzt
habe ich einen Riesenhunger und großen Durst dazu.
Glaubst du, dass wir noch etwas Gutes bei Lulu essen können? Dabei überlegen wir, was als Nächstes zu tun ist. Was
wollen wir überhaupt?«

Die Auberge ist wie schon am Vortag gut besucht.

Lulu sieht die beiden, winkt ihnen zu, um ihnen gleich
einen gerade frei gewordenen schattigen Platz anzubieten.
»Na, hatten Sie einen schönen Tag?

Haben Sie etwas in Erfahrung bringen können?«, fragt sie
ohne große Umschweife.

»Jaja, haben wir. Bitte bringen Sie uns aber jetzt erst einmal zwei große Bier. Außerdem haben wir beide riesigen
Hunger«, antwortet Blandine, während sie sich in den Rat-
tansessel fallen lässt.

Die Wirtin nickt nur.

Gleich darauf erscheint sie mit Bier und einer hübsch
zubereiteten Schlachtplatte belgischer Spezialitäten. Magnus und Blandine berichten Lulu von den Ereignissen des
heutigen Tages.

»Tonys Leben ist abenteuerlich«, ist ihr einziger Kommentar.

Konstatiert schauen die Schmitts sich an. Was war das? Haben sie etwa etwas erzählt, was Lulu noch nicht wusste?

Nun überlegen sie, was sie machen werden. Sollen sie versuchen, das Gut, als nachweisliche Erben in der dritten Generation, an sich zu nehmen? Was sollen sie damit überhaupt anstellen? Schließlich ist es stellenweise arg renovierungsbedürftig, sodass es Unsummen kosten würde. Ferner ergeben sich andere Fragen.

Was geschieht dann?

Wollen sie oder ihr Sohn nebst Familie dort wohnen?

Wer bewirtschaftet das Gut und wie?

Ist das überhaupt machbar?

Sind sie nicht zu alt, solche Wagnisse einzugehen?

Und, und, und.

Warum haben Sie sich nur auf die Suche nach der Vergangenheit von Pauline, Lena und Guda gemacht?

Gibt es nicht viele solcher Hinterlassenschaften in Europa, um die sich niemand kümmert?

Je länger die beiden über die Angelegenheit nachdenken, desto mehr kommen sie überein, lieber die Finger davon zu lassen.

Das Klingeln von Blandines Handy lässt die beiden zusammenzucken. Am anderen Ende der Leitung ist *Rigobert*. Er ist beunruhigt, da sich seine Eltern bis jetzt noch nicht gemeldet haben.

Im Flüsterton erzählen sie beide abwechselnd über die Ereignisse und neuesten Erkenntnisse. Auch ihre Bedenken sprechen sie offen mit ihrem Sohn aus.

Er empfiehlt, erst einmal den morgigen Tag in Angriff

zu nehmen, um dann vielleicht auch gemeinsam mit allen Beteiligten nach einer Lösung zu suchen.

Er finde es auf jeden Fall sehr spannend und würde gerne morgen zu ihnen kommen. Sie hätten bestimmt nichts dagegen, wenn er sich auch ein Bild vor Ort machen würde.

Das Gespräch endet mit großer Erleichterung für Blandine und Magnus. Mit den Worten »Das ist Familie« lassen sie das Grübeln sein, um die letzten Stunden des Tages ganz entspannt zu genießen.

*

Rigobert erwartet seine Eltern am nächsten Tag am Frühstückstisch. Er ist schon früh von Bistelle losgefahren. In knappen zwei Stunden Autofahrt, die ohne Stau mit guter Navigation verlief, kann er nun ganz aufgeschlossen zuerst dem Gespräch mit Blandine und Magnus folgen. Auch er hat letztlich große Bedenken, das Erbe seines Urgroßvaters überhaupt anzunehmen. Erst will er das Areal sehen, sich ein Bild vor Ort machen. Dann möchte er gegebenenfalls mit einem befreundeten Vermögensberater reden, die Stadt St. Vith aufsuchen und vor allen Dingen seine Frau für das Vorhaben begeistern. Andrea ist zwar unkompliziert, aber eine Frau mit eigenen Prinzipien.

Punkt zehn Uhr erscheinen Tony und Gilles.

Dieses Mal sind sie mit einem kleinen schwarzen Fiat 500 gekommen. Die Begrüßung ist, wie die gestrige Verabschiedung, sehr herzlich. Rigobert wird dabei direkt einbezogen. Gemeinsam trinken sie alle noch weitere Tassen Kaffee. Das Gespräch dreht sich zuerst um das schöne Wetter und die Abgeschiedenheit dieser Auberge. Hier nutzt Blandine die Gelegenheit, Tony über Lulus merkwürdige Aussage zu informieren.

Sie rechnet mit einer lapidaren Antwort. Stattdessen klärt Tony sie über Lulu auf.

Alle fünf, Magnus, Gilles, Blandine, Tony und Rigobert, stecken die Köpfe über dem Tisch zusammen, um Tonys leise Worte verstehen zu können.

Dass ihr Leben abenteuerlich ist, kann Tony zwar nicht bestätigen, eher abwechslungsreich mit vielen Höhen und Tiefen, die sie zum Teil mit Hilfe guter Menschen gemeistert hat. Hier erwähnt sie den Verlust ihrer Eltern und ihres eigentlichen Zuhauses während der Kriegsjahre. Anschließend schildert sie das Wohlwollen von Luis Rois, der sich dann als weiterer Weggefährte etablierte. Sie hatten einen großen Altersunterschied. Hier merkt Tony ihren möglichen Vaterkomplex zart an. Die Geburt von Tonny war für sie der größte Glücksmoment. Dass Luis die Vaterschaft nicht beurkunden ließ, versucht sie bis heute zu verdrängen. Dies gelingt ihr jedoch nicht, da Tonny mehr darunter leidet, als sie sich jemals vorgestellt hat.

Auch Luis' Selbstmord ist ein schlimmer Schicksalsschlag für die beiden. Tony steht zum zweiten Mal vor dem Nichts. Lulus Mutter verdankt sie die Möglichkeit eines weiteren Neubeginns. Tony arbeitet als Hausdame für sie. Im Gegenzug erhält sie Kost und Logis. Sie ermöglicht Tonny den Besuch des Gymnasiums und später unterstützt sie das Studium, so gut wie es ihr die finanzielle Lage erlaubt.

Erst als Gilles in ihr Leben tritt, hat sie das Gefühl, endlich richtig leben zu können. Sie haben sich 1972 an der kleinen Kapelle kennengelernt, an jenem magischen Ort. Magnus und Blandine bestätigen diesen Ausspruch.

Zwei Jahre später haben sie still und ohne große Feierlichkeiten geheiratet. Tonny war zu diesem Zeitpunkt viel unterwegs. Er hat die Heirat befürwortet. Seit dieser Zeit sind sie eine Familie mit erwachsenem Sohn. Gilles' Wohnsitz war zur damaligen Zeit ein Bungalow in *Hermage*. Dort lebten sie bis vor sechs Jahren, als ein entsetzliches Hochwasser alles Inventar verwüstete. Eine Renovierung kam für sie beide in ihrem Alter nicht mehr in Frage. So haben sie gemeinsam mit sieben anderen Senioren beschlossen, in eine Altenwohngemeinschaft zu ziehen.

Das Grundstück mitsamt dem Häuschen hat die Gemeinde *Hermage* gekauft, um dort einen Kindergarten zu errichten. Ihr heutiges Zuhause liegt nur ein paar Straßenzüge entfernt und weist allen Komfort auf, den alte Leute benötigen. Lulus Mutter ist inzwischen Witwe und wohnt bei ihnen.

Der Kreis schließe sich, beteuert sie.

Sie beide bedauern jedoch, dass Tonny keine Familie hat. An Gelegenheiten hat es ihm wahrlich nicht gefehlt. Auch Lulu war einmal seine Muse gewesen. Das sei lange her und Lulu hat mit ihrem Mann wahrlich eine gute und abgesicherte Partie gemacht. Die Auberge ist das väterliche Vermächtnis, welches ihren Lebensinhalt prägt. Leider hat das Paar keine Kinder.

Sie ist für Lulu die Tante To, die verrückte Alte, die mit ihrer Mutter heiße Diskussionen über die Politik führt.

Es ist ein sehr ausführlicher Monolog, den Tony von sich gibt. Sie beendet ihn mit dem Satz: »Ich glaube, ich habe zu viel erzählt und langweile Sie.«

»Ganz im Gegenteil, liebe Frau Albert. Es bringt uns alle näher zusammen. Finden Sie nicht?«

»Ja, vielleicht, aber nun sind Sie an der Reihe.«

Blandine blickt verstohlen in die Runde.

Was soll sie erzählen?

Ist es nicht wichtiger, das Gespräch wieder auf Tonys Karte an Guda zu lenken?

Hier müsste sie ansetzen, um dem Vermächtnis näher zu kommen.

*

Die fünf sitzen noch immer an dem inzwischen abgeräumten Tisch. Alle anderen Übernachtungsgäste haben sich von der Concierge verabschiedet.

Diese beschäftigt sich eher unkontrolliert hinter dem Tresen, um eventuell einige Worte aus der Runde wahrnehmen zu können. Nein, neugierig ist sie überhaupt nicht.

Aus ihrer schweren Umhängetasche zieht Blandine den Umschlag mit alten Fotos und Tonys Karte. Sie legt sie in einer Reihe direkt vor Tony auf den blanken Holztisch. Die Bilder sind in der Tat alt und das einstige Sepiabraun wirkt noch blasser. In einer zweiten Reihe direkt obendrüber deponiert Blandine Farbaufnahmen, die eindeutig jüngeren Datums sind.

Rigobert ergreift diese Initiative, um sie chronologisch zu ordnen, während Tony sich eins nach dem anderen ansieht. Zuerst nimmt sie jede der elf alten Fotografien, um sie zu kommentieren: Das ist das Gutshaus, die Tischlerei, dies könnten Guda und Luis sein, das Paar sieht nach Onkel Kilian und Tante Yvette, den alten Rois, aus, noch einmal Luis alleine am Seerosenteich, könnte Pauline sein, das Hochzeitsfoto von Guda und Luis, noch einmal das Haus, der Pferdestall, irgendwelche Arbeiter, Luis mit Strohhut, Zigarre und einem Pferdefuhrwerk.

»Mein Gott, ist das lange her! Wie jung alle aussehen! Sind die Bilder von Pauline?«

»Ja. Alle waren in einem alten Couvert, inklusive der Postkarte. Hier sind Bilder von Pauline und Lena aus den letzten Jahren. Leider ist Mutti schon 2010 verstorben. Kurz nachdem mein Vater einen Hirnschlag erlitten hatte.« Dabei tippt Blandine auf die Farbfotos der oberen Reihe.

Tony möchte natürlich mehr über Großmutter Guda und über die beiden Schwestern erfahren. Mit einem großen, dicken Kloß im Hals erzählt Blandine das eine oder andere Geschichtchen aus dem Leben der beiden. Alle hören gespannt zu. Ab und an kommt von ihnen ein bestätigendes Brummen oder ein Kopfnicken.

Eine indiskrete Frage liegt ihr auf der Zunge. Sie beißt sich auf die Unterlippe, wartet zwei bis drei Sekunden, um dann Tony nach ihrem Alter zu fragen. Ohne Umschweife bekennt sich Tony zu dem Jahrgang 1930.

Rigobert beschäftigt sich zwischendurch mit dem Anfertigen von kleinen Porträts der vier. Auf einer liegen gebliebenen Serviette skizziert er mit wenigen Strichen die Charaktermerkmale.

Sehr zum Leidwesen seiner Eltern.

Tony bemerkt es erst, als Magnus seinen Sohn bittet, doch endlich damit aufzuhören.

»Aber nicht doch. Darf ich mal sehen?« Tony betrachtet die Werke mit zusammengekniffenen Augen, dann nimmt sie ihre Lesebrille ab und wischt sich eine kleine Träne aus den Augen.

»So schlimm? Habe ich Sie nicht gut getroffen?«, will Rigobert sogleich wissen.

»Noch viel schlimmer. Das macht Tonny auch oft. Auch Luis war ein guter Zeichner. Stundenlang entwarf er für die Tischlerei neue Möbel. Einige Ideen wurden sogar in die Tat umgesetzt und verkauft. Zuvor hatte er kleine Modelle angefertigt. Man hätte viele Puppenhäuser damit bestücken können. Außerdem roch er nach dieser Tätigkeit so gut nach Sägemehl«, endet Tony mit einem leichten Seufzer.

Die Zeit läuft ihnen von dannen.

Lulu fragt, ob sie ihnen noch einen Imbiss bringen darf. Da erst wird den fünf bewusst, dass sie eigentlich schon längst hätten aufbrechen müssen. Gilles beruhigt sie und bittet Tony, ihren Sohn zu benachrichtigen, dass er später als geplant mit ihnen rechnen soll. Die Wirtin zaubert auf die Schnelle eine Schüssel mit buntem Salat, eine Platte mit Ardenner Schinken und einer Auswahl an regionalem Käse auf den Tisch.

Dabei erntet sie viel Lob.

Es ist Gilles, der im Laufe des Essens das Gespräch über

die bereits erwähnten Porträtzeichnungen sowohl von Tonny als auch Rigobert wieder aufgreift.

»Als ehemaliger Kommissar bin ich überzeugt, dass hier die verwandten Gene zu erkennen sind. Rigobert, was sind Sie eigentlich von Beruf?«

Bevor er antwortet, haut Tony mit den Worten:
»Das habe ich auch gerade gedacht« dazwischen. »Natürlich wäre das prima, auf dieser Ebene weiterzuforschen. Hier müssen wir ansetzen.«

»Genau. Es wäre nur schön, wenn Tonny auch dabei wäre«, wirft Blandine dann noch ein.

»Ich rufe ihn wieder an, um ihn herzubitten«, sagt Tony.

»Sie haben mich nach meinem Beruf gefragt, Herr Kommissar.«

»Das klingt nun aber sehr formell, ich glaube, es ist an der Zeit, dass wir auf das Du anstoßen. Das Gespräch scheint nun immer familiärer zu werden«, schlägt Tony mit erhobenem Glas und leuchtenden Augen vor.

Die Runde lacht. Alle schmettern ihre Vornamen in den Raum. Dann wird es schlagartig still.

Rigobert legt Gilles seine Visitenkarte vor.
Es ist ein geprägtes, ganz dünnes Blättchen aus Balsaholz.

Dipl.-Ing. Rigobert Schmitt
freiberuflicher Modellbauer und Designer
Adresse, Telefonnummer und weitere Angaben sozialer
Medien.

Gilles nimmt ganz vorsichtig das Teil zwischen Daumen und Zeigefinger. Er fühlt das zarte, fast samtige Holz. Er hat Angst, es könnte auseinanderbrechen.

»Keine Bange, die Karte ist widerstandsfähiger, als man glaubt«, beweist Rigobert, indem er eine weitere Karte mit einem großen Knall auf der Tischplatte deponiert.

Tony, die nun ganz erschrocken auf das Holz stiert, fragt ihn, was sich hinter dieser Berufsbezeichnung verbirgt. Rigobert ist es gewohnt, seine Tätigkeit ausführlicher zu erklären.

Während seines Zivildienstes in einer Werkstatt mit geistig behinderten Kindern habe er die Vorliebe für das Arbeiten mit Holz, Draht und Pappe entdeckt.

Die Jugendlichen stellten Christbaumschmuck ganz besonderer Art her. Großen Anklang und Abnehmer fanden die Objekte auf den Weihnachtsbasaren karitativer Einrichtungen. Dann studierte er Architektur mit entsprechendem Abschluss.

Seine erste Arbeitsstelle als Architekt fand er im Stadtbauamt.

Das habe ihn jedoch nicht ausgelastet. Außerdem zu viel Bürokratie und Widerstand in der Verwaltung. Eine Veränderung musste her. Aber wie?

Die Idee kam mit dem Neubau des Sportzentrums.

Die Stadträte hatten keine räumliche Vorstellung, wie sich der neue Komplex sowohl in die Landschaft als auch in die Infrastruktur entwickeln könnte.

Da erinnerte er sich an die Zeit in der Behindertenwerkstatt zurück. Kurz und gut, er baute für das bessere Verständnis aus Pappe und Styropor eine Miniausgabe des

Stadions in entsprechender Kulisse. Das Modell überzeugte die Amtmänner, die Investoren und Bauträger. Ausgerechnet diese wollten für ihre weiteren anstehenden Objekte auch Modelle in Auftrag geben. Hier stand er am Scheideweg: entweder weiterhin für die Stadt mit sicherem Einkommen arbeiten oder den Schritt in die Selbstständigkeit wagen. Eine Nebentätigkeit zu der im öffentlichen Dienst ist nicht zulässig. Er kämpfte mit sich selbst. Wochenlang war er nicht ansprechbar. In dieser Zeit traf er Andrea. Sie überzeugte ihn, dass er nur mit ihr glücklich werde, wenn er auch in seinem Beruf eine Erfüllung erlebte.

Er kündigte den Job, verlobte sich und richtete sich in einem ehemaligen Lager für Kartonagen seine Werkstatt ein. Seine ersten Aufträge holte er sich von den bekannten Bauträgern.

Seine Frau Andrea, eine gelernte Zahntechnikerin, unterstützt ihn sowohl in der praktischen Umsetzung der Modelle als auch in der Bürokratie. Diese ist nicht unbedingt seine Stärke. Er liebt das Handwerkliche.

Gespannt folgen Tony und Gilles seiner Schilderung. Blandine hingegen sucht auf ihrem Handy Bilder von der Familie. Es sind inzwischen sehr viele geworden, die sie in den vergangenen Jahren aufgenommen hat. Da sie nicht alle vorzeigen möchte, kopiert sie eine kleine Auswahl in einen eigenen Ordner. Erst dann rückt sie näher an Tony heran.

»Hier kannst du unsere Enkelkinder sehen. Da sind sie mal gerade ein halbes Jahr alt. Auf diesem Foto feiern wir alle zusammen ihren dritten Geburtstag. Das ist Andrea.

Unser großer Garten mit meinen Kräutern und dem Gewächshaus.«

»Darf ich selbst das Handy in die Hand nehmen?

Ich sehe sonst alles nur schemenhaft.«

Tony schiebt gekonnt ein Bild nach dem anderen über das Display. Blandine gibt kurze Erklärungen dazu. Dann hebt sie ein Foto hoch in die Runde.

»Dieses Foto kommt mir bekannt vor.«

»Wie meinst du das? Das ist Rigobert!«

»Dieser Hut, dieser Gesichtsausdruck! Er sieht hier genauso aus wie Luis, als er jünger war und wie Tonny.«

»Ich habe Tonny gestern auch mit einem Strohhut bei der Eröffnung der Vernissage gesehen. Jetzt, wo du es sagst, es besteht in der Tat eine Ähnlichkeit zwischen den beiden. Das Bild von Luis lege ich jetzt mal daneben.«

»Darf ich?«, fragt Gilles.

Zuerst hört man einen brummenden, dumpfen Motor, dann ist nur eine Staubwolke zu sehen. In der glühenden Mittagshitze schimmern die kleinen Sandkörner wie gelber Blütenstaub. Nur ganz langsam setzen sie sich ab. Ein großer, schlanker Mann in luftiger Sommerkleidung, aber mit Helm und Spiegelbrille lässt sich von dem Motorrad gleiten.

Mit flotter Handbewegung klopft er den Schmutz von der Kleidung, um anschließend forschen Trittes die Auberge zu betreten.

Lulu springt dem Ankömmling entgegen. Sie umarmen sich wie alte Freunde mit traditionellem Kuss rechts und links auf die Wange. Leise wechseln sie ein paar Worte mit wallonischem Dialekt, bis der neue Gast die Runde der fünf entdeckt.

»Voila, hier bin ich, wie befohlen«, kommt er an den Tisch.

»Darf ich euch meinen Sohn vorstellen. Tonny La Roche. Tonny, das sind Blandine, Magnus und Rigobert Schmitt aus Bistelle. Ich habe dir gestern kurz erzählt, warum sie uns gesucht haben.«

Mit »Bonjour, willkommen am Ende der Welt« reicht er jedem mit einem Lächeln im Gesicht die Hand.

Der Handschlag ist kräftig, die Finger fühlen sich rau und derb an. Am linken Handgelenk baumeln etliche alte, verblichene und bunte Freundschaftsbändchen. Das Gesicht ist braungebrannt. Die Sonnenbrille verdeckt noch seine Augen. Der Schnurrbart wird von grauen Bartstoppeln umringt. Das lange ebenfalls graue Haar wirkt durch den Helm platt gedrückt. Er trägt die gleiche Jeans wie gestern. Das Hemd hat er gegen ein figurbetontes weißes T-Shirt getauscht. Oberarmmuskeln und ein leichter Bauchansatz sind unschwer zu erkennen. Auch jetzt trägt er nur die Sandalen an den Füßen.

Den kugelrunden, schwarzen Motorradhelm legt er auf dem Nachbartisch ab. Sogleich zieht er sich einen Stuhl heran, um direkt neben Rigobert Platz zu nehmen. Lässig legt er die Brille ab.

Seine Augen scheinen wie blaue Sterne zu funkeln.

Was für ein Mann, denkt Blandine heimlich. Gestern hat sie ihn so gar nicht registriert.

Tonny winkt Lulu, dass sie Nachschub an kühlen Getränken und ein weiteres Gedeck bringen soll.

Ohne Umschweife bedient er sich an den übrigen Köstlichkeiten.

»Wir waren von Ihrer Vernissage ganz begeistert. Allein die Rede über Ihre Arbeit, Ihren Werdegang, die Freundschaft zu Herrn ...?«

»*Dinard.*«

»Richtig. Darf ich fragen, ob Sie zufrieden mit den Gästen waren?«

»*Jean-Paul* und ich sind ganz glücklich. Es waren wirklich sehr viele Kunstinteressierte da. Einige haben besonderes Interesse an dem ein oder anderen großformatigen Bild gezeigt. Die Vorführung mit der Kettensäge kommt immer gut an. Was hat Ihnen gefallen?«

Magnus ergreift das Wort zuerst, mit dem Hinweis, da sie sich bereits mit seinen Eltern auf ein Du geeinigt hätten, solle er auch du zu ihnen sagen. Blandine geht auf seine Frage mit den Worten: »Das Bild mit dem Segelschiff, das durch die vielen geometrischen Formen den Betrachter erst verwirrt.« Durch ganz intensives Analysieren habe sie erst die eigentliche Darstellung erkannt.

Tonny klatscht zart in die Hände.

Der Punkt geht an Blandine. Ausgerechnet dieses Werk wechselte als Erstes seinen Besitzer. Ferner hat sich ein Mäzen vorgestellt. Er habe großes Interesse, aktuelle Kunst zu fördern. Und zwar auf dem Gelände des alten Gutshofs. Allerdings sei es jetzt noch zu früh, um genauere Pläne mit ihm zu schmieden. Der gute Mann weiß nicht, dass die Stadt St. Vith der vermeintliche Eigentümer ist. Gestern ging es nur um die Bausubstanz und die Möglichkeiten großer Ausstellungen. An dieser Stelle merkt Blandine ihren eigentlichen Besuch nochmals an.

*

Gilles hat die ganze Zeit ohne jeglichen Kommentar aufmerksam zugehört. Er greift sich noch einmal das alte Foto, auf dem Luis mit Zigarre und Strohhut posiert. Blandines Handy liegt gleich daneben.

Durch den spektakulären Auftritt von Tonny sind die Gegenstände ganz außer Acht gekommen. Beiläufig fragt er nach dem Sicherheitscode des Handys, um die Fotodatenbank wieder öffnen zu können. Wie in Trance sagt Blandine die vier Zahlen. Gekonnt öffnet er die Bilderserie, sucht routiniert, bis er das Bild findet, bei dem vorhin das Gespräch abrupt beendet wurde. Auf Tonys Gerät, das er vorhin nach dem Gespräch mit Tonny an sich genommen hat, sucht er nicht lange. Er legt die Fotografie neben die beiden Handybilder.

Alle haben trotz anregender Unterhaltung über die Familien Gilles' Tun beobachtet. Mit zusammengekniffenen Augen und seiner Lesehilfe vergleicht er die Porträts der drei Männer. Vater Luis, Sohn Tonny und Urenkel Rigobert haben gleiche Gesichtszüge.

Bei Letzterem stimmt sogar die Augenfarbe.

Das alte Bild lässt nur seine hellen Augen erahnen. Sogleich erkundigt er sich bei Tony nach Luis' Augenfarbe.

Die Antwort passt.

Die Herren stehen lässig mit qualmender Habanos und formschönem Strohhut an ein Gartentor gelehnt. Einziger Unterschied zwischen den beiden ist das Alter. Luis dürfte auf dem Foto vielleicht sechzig Jahre alt sein. Die Sonnenhüte ähneln sich. Es scheinen die berühmten Panamahüte zu sein.

Gilles tippt auf die Bilder.

»Jungs, ihr seht toll mit dem *Jipijapa* aus!«

»Wie, was meinst du?«, fragen Rigobert und Tonny im Duett.

Gilles fühlt sich ganz und gar wieder in seiner Rolle als Kommissar und klärt auf.

»Ungefähr Mitte des 19. Jahrhunderts durchquerten Goldsucher auf ihrem Weg nach Kalifornien die Landenge von Panama. Dort kauften sie sich Hüte, die aus Ecuador importiert worden waren. Diese Hüte wurden unter dem Namen des Verkaufsortes bekannt, statt unter dem Namen des eigentlichen Herkunftslandes, Ecuador. Der Panamahut wurde jedenfalls außerordentlich beliebt. Dann stellte ein in Panama lebender Franzose ausgerechnet diese Hüte auf der Pariser Weltausstellung von 1855 aus.

Die Franzosen waren von dem edlen Material sehr angetan. Binnen kurzer Zeit war es undenkbar geworden, etwas anderes auf dem Kopf zu tragen.

Der Panamahut wurde noch populärer, als Anfang des 20. Jahrhunderts der amerikanische Präsident Theodore Roosevelt solch einen Hut trug.

Die Nachfrage nahm zu. Bedeutende Handelshäuser fingen an, ihn weltweit zu vertreiben. Natürlich werden

Imitationen des echten Panamahutes auch als preiswerte Massenware gefertigt. Doch viele davon werden brüchig, andere sind nicht luftdurchlässig.

Der echte Panamahut ist leicht und luftig. Er hält ein Leben lang. Jeder einzelne ist handgeflochten und daher einzigartig. Ich bin selbst stolzer Besitzer eines echten *Jipijapa*. Tony kann es bestätigen.«

»Meiner ist garantiert unecht. Andrea hat ihn mir schon vor Jahren auf einem Straßenmarkt in Italien gekauft. Ich trage ihn heute noch gerne, auch wenn er unschön geworden ist.«

»Ich kann mich an Vaters Hut erinnern. Der war bestimmt aus Ecuador. Er trug ihn stets im Sommer.

Manchmal war er total zerknautscht.

Unter denZigarren waren auch echte aus Kuba.

Zu gerne habe ich damals eine der grünen Zigarrenkästchen stibitzt.
Manchmal lag noch eine *Flor de Cano* drin.
Die rauchte ich still und heimlich im Wald.«

»Das sagst du jetzt erst! Nach schätzungsweise sechzig Jahren!«
Ein breites lautes Lachen: »Ich gestehe alles!«
»Wollen wir hier Wurzeln schlagen? Es ist zwar sehr heiß draußen, aber sollten wir nicht zum Gutshof fahren? Ich muss heute Abend wieder nach Hause fahren«, treibt Rigobert die Gesellschaft an.

Alle stimmen dem Aufbruch zu. Magnus und Blandine sind verunsichert, ob sie nicht besser der vielen Kräuter wegen auch nach Hause fahren sollten. Ihr Sohn winkt ab. Sie sollen sich lieber hier noch ein paar schöne Tage machen. Andrea und er würden sich um die Gewächse kümmern. Schließlich haben sie inzwischen Erfahrung im Umgang mit der Gießkanne und dem Wasserschlauch.

Sie brechen auf. Eine wahre Autokolonne verlässt Lulus Parkplatz.

Tonny mit seiner alten BWM fährt den drei Cabriolets voraus.

Sowohl Blandine als auch Tony tragen ein seidenes helles Kopftuch, das das sonst halblange Haar zusammenhält. Magnus und Gilles tragen ihre Schirmmütze, während Rigobert ganz oben ohne das Schlusslicht bildet.

Der Fahrtwind kühlt etwas die Gesichter, dennoch zeigt das Thermometer stolze zweiunddreißig Grad an. Blandine und Magnus sind irritiert.

Die Fahrstrecke sieht anders aus als gestern.

Es ist zwar auch eine nicht allzu viel befahrene Landstraße, aber hier gibt es keine Büsche an den Seiten. Stattdessen gibt es dünne Drähte, die freilaufende Schafe von der Fahrbahn zurückhalten. Außerdem kriechen sie eher, als sie fahren, über frischen Rollsplitt. Wo führt sie Tonny hin? Er wird noch langsamer, bis er rechts in einen holprigen, schmalen Weg abbiegt. Hier begrenzt auf einmal hohes Schilf beidseitig die Bahn. Fahren sie über einen Damm?

Man sieht kein Wasser, nur das Grün. Nach circa dreihundert Metern verschwindet das Motorrad wieder rechts hinter einer hohen Mauer.

Dieses Natursteinmauerwerk kommt Blandine und Magnus bekannt vor. Es sieht aus wie das am Gutshaus. Vielleicht etwas schäbiger, etwas buckeliger, aber in der gleichen Art und Weise gebaut. Magnus, der als Zweiter in der Reihe fährt, bremst plötzlich ab. Hier geht es nicht mehr weiter. Er steht vor einem riesigen, verschlossenen Holztor. Neben ihm tauchen langsam ankommend der Fiat 500 und Rigoberts Audi auf.

Mit den Worten »Wo sind wir hier?« steigt Blandine aus.

»Na, am Gutshaus! Wo sonst«, antwortet Tonny, der für die Schmitts wie aus dem Nichts wieder erscheint.

Das Bike parkt im Schatten riesiger Trauerweiden.

»Ich habe mir erlaubt, euch über den Schleichweg am See zu führen. Ist das nicht toll?«

Er schließt das Tor auf, drückt die Flügel nach innen, um den Blick freizugeben. Es ist der dritte Innenhof. Von Rigobert ist ein »Wow!« zu hören.

Fleißige Helfer haben bereits bis auf ein paar Bänke aufgeräumt.

»Darf ich euch Gut *Rois* zeigen? Es gehört mir zwar nicht, aber es ist dennoch ein Teil von mir«, lädt Tonny zum Rundgang ein. Das lassen sie sich nicht zweimal sagen.

Der Hausherr beginnt im Schatten der großen Linden mit seinen Schilderungen bei der Werkstatt von *Jean-Paul*

Dinard und seinem Atelier. Er kommt über seine Arbeiten richtig ins Schwelgen.

Ab und an wird er durch seine Mutter mit der Bemerkung unterbrochen:

»Das weiß ich ja gar nicht oder hätte ich nicht erwartet.«

Rigobert ist von der alten Schreinerei total begeistert. Am liebsten möchte er all die abgestellten Hobelbänke ausprobieren, die großen Schraubzwingen von anno dazumal auf ihre Tauglichkeit testen und Latten und Leisten untersuchen. Was könnte man aus diesen Materialien noch alles herstellen, geht ihm durch den Kopf. Es ist schade, wie achtlos das Werkzeug zum Teil in der Ecke gammelt und keiner Aufgabe mehr folgen kann. Gilles beobachtet ihn, wie er zart über das ein oder andere Holz die Hand streicht.

Die Art, Menschen zu analysieren, hat ihm in seinem Berufsleben viele Erfolge gebracht.

Er ist nur ungern in den Ruhestand gegangen.

Einige Jahre später wurde seine ehemalige Dienststelle in Hermage ganz aufgegeben.

Die heutigen Kriminalfälle werden von St. Vith aus koordiniert.

Um zu Tonnys Ausstellungsraum zu kommen, muss man durch den dunklen Gang in der Verlängerung der Schreinerei. Schwarze, dicke, schwere Holzbalken, dicht an dicht, bilden die Decke. Was wohl darüber ist?

*

Tonnys Atelier ist sehr groß und, dank der riesigen Glasscheibe, lichtdurchflutet. Wie schon am Vortag stehen seine Werke einfach an die Wände gelehnt.

Zum Teil hintereinander, aber auch erhöht auf improvisierten Staffeleien. Der Raum wirkt in Szene gesetzt. Zeigt er gekonnte Unordnung oder ist er das Bild im Bild? Tony und all die anderen möchten Gilles urplötzlichen Einfall hören. Da keine Sitzgelegenheit in dem Raum vorhanden ist, begeben sie sich wieder nach draußen. Dort stehen im Schatten der Linden noch zwei alte, geschwungene Holzbänke mit hohen Rückenlehnen. Man nimmt Platz. Die Bänke stehen sich mit einem knappen halben Meter Abstand gegenüber. Es ist eine ideale Haltung, um Gilles' Worten folgen zu können.

Zuerst erzählt er von seinem letzten Kriminalfall, der sich zugetragen hatte, bevor er in den ersehnten Ruhestand ging. Er konnte den Täter durch eine hinterlassene Blutspur dingfest machen. Heute geht es nur indirekt um einen Toten und einen Täter.

Das Besondere dabei ist, dass es sich um ein und dieselbe Person handelt.

Luis. Er ist der Tote und der Täter.

Blutspuren durch Erhängen gibt es nicht.

Rigoberts blutende Hand gibt aber eventuell die Bestätigung, dass er wirklich der Urenkel von Luis Rois ist. Man müsste die Blutgruppen aller Beteiligten in Erfahrung bringen.

Auch Tonny und Tony müssten ihre kennen oder noch herausfinden. Luis Blut abzunehmen geht nicht mehr.

Bei einer Exhumierung könnte man seine DNA noch nach so vielen Jahren feststellen. Das ist zwar schwierig und teuer, aber machbar. In der Vererbungslehre gibt es bestimmte Merkmale, die die Abstammung belegen.

Alle sind von der Blutgruppenbestimmung begeistert. Es ist wohl der einfachste Weg, Tonny als tatsächlichen Erben zu widerlegen. Warum ist Gilles nicht schon früher auf die Idee gekommen?

Rigobert wehrt ab.

Er ist Blutspender und hat folglich seine Blutgruppe als Beweis in seinem Spenderausweis stehen. Für seine seltene Kombination *AB* wurde er allerdings erst zweimal zur Abgabe gebeten.

Magnus weiß seine Blutgruppe auch. *A*.

Blandine steht nicht nach. Sie hat wie ihr Sohn *AB*. Tony kennt ihre nicht.

Tonny kann sich nicht an seine erinnern. Er bittet alle, ihn einen Moment zu entschuldigen, damit er einen Blick in seinen Notfallausweis werfen kann.

Gilles nimmt währenddessen seine Erklärung zu der Blutgruppenkonstellation wieder auf.

Ein paar Minuten später erscheint Tonny mit dem Ausweis wedelnd.

»Ich war mir nicht sicher, doch hier ist der Beweis. *AB+*.«

»Halleluja, dann lasst mich auf die Schnelle einen kleinen Stammbaum zeichnen. Tonny, ich brauche Papier, bitte!«

Sie stehen rund um den großen Arbeitstisch.

Mit wenigen Strichen hat der Kommissar nach alter Art und Weise ein Tafelbild mit Namen und Kreuz- und Querverbindungen skizziert. Für ihn ist es nun sehr naheliegend, beweisen zu können, dass Tonny der leibliche Sohn von Luis ist. *AB* gibt es nur in Kombination von *A* und *B*, *AB* und A, *AB* und B oder *AB* und *AB*. Gehen wir mal davon aus, dass Tony auch *A* oder *B* haben muss. Dies lässt sich schnell feststellen.

Die Begeisterung zu dieser Erkenntnis ist groß.

Was würde passieren, wenn sie mit diesen Beweisen bei der Stadt vorsprechen?
Haben sie oder besser hat Tonny eine Chance, an sein rechtmäßiges Erbe zu kommen?
Hat Rigobert, dessen Abstammung dann auch geklärt ist, ebenfalls einen Anspruch?
Oder steht es nur dem Sohn zu?
Wieder viele Fragen, die im Moment nicht so ganz einfach zu beantworten sind.

Gilles ist der Meinung, dass es darauf hinauslaufen könnte, dass La Roche der Alleinerbe ist. Wenn dem so wäre, was hieße das für ihn?
Kann er den Gutshof überhaupt mit seinem Einkommen als freischaffender Künstler unterhalten?

Vielleicht ist dies dann auch die Chance, mit dem Mäzen zusammenzuarbeiten?

*

Der Nachmittag vergeht durch weitere Besichtigungen innerhalb der Hofanlage wie im Flug. Tony kommt ab und an ins Schwärmen, dann wieder bricht sie in Tränen aus. Es ist wie eine Art Vergangenheitsbewältigung.

Die ehemalige Schreinerei geht Rigobert nicht aus dem Kopf. Er nimmt, während alle wieder im Schatten der alten Bäume sitzen und kühle Getränke zu sich nehmen, die Gelegenheit wahr, um noch einmal einen Blick hineinzuwerfen.

Sicher, der Werkraum ist sehr alt. Hat seine beste Zeit hinter sich, aber dennoch den Charme erhalten. *La Roches* Bilder und *Dinards* Holzstümpfe beleben ihn genauso wie die unzähligen Spinnengewebe und der Duft nach Sägemehl. Die Latten und Hölzer ringsum an den Wänden wirken wie Statuen und Zeitzeugen. Bestimmt könnten sie viele Geschichten über die Arbeit hier erzählen.

Rigobert gerät ins Fantasieren, wie so oft, wenn er sich mit Baulichkeiten auseinandersetzt.
Doch hier ist es ganz intensiv.

Er steht mitten im Arbeitsfeld seines Urgroßvaters. Welche schönen Gegenstände hier wohl entstanden sind? Waren es nützliche Teile für den alltäglichen Gebrauch oder auch

Luxusgüter? Gibt es vielleicht noch alte Unterlagen, die die Ausführungen dokumentieren? Seine Hände streichen über die Hobelbank.

Die Schraubzwingen mit den selbst gedrechselten Griffen liegen achtlos ineinander verkeilt in der Ecke. Niemand hatte mehr Verwendung für sie. Zu gerne würde er hier nach weiteren Werkzeugen suchen.

Doch das steht ihm nicht zu. Vom sichtbaren Dachstuhl aus hängen Drahtseile und Halterungen hinab. Offensichtlich lagerte man dort weitere Hölzer. Beleuchtet wurde die Werkstatt mit Glühbirnen, die nur in der Fassung an langen Kabeln von oben herunterhingen. Ob die Elektrik noch funktioniert?

Das Dach scheint noch dicht zu sein. Rigobert erkennt keine Lichteinfälle zwischen den Ziegeln.

Sein Blick bleibt an dem dunklen Durchgang zu Tonnys eigentlichem Atelier haften.

Hier hat sich Luis erhängt.

Ein beachtlicher Querbalken liegt rechts und links auf mächtigen Holzsäulen, an die die Wände aus Ziegelsteinen stoßen. Vorsichtig tastet er die Stelle ab, an der er sich vorhin verletzt hat. Es ist zu dunkel, als dass er erkennen kann, was hier steckt. Mit Hilfe der Taschenlampe an seinem Handy findet er den schadhaften Punkt.

Es ist der Rest eines Holzdübels, der spitz aus der Holzsäule ragt.

Wieso ist hier ein Dübel?

Er klopft dagegen.

Erst in der Mitte, dann unten und zum Schluss oben kurz unterhalb des Querbalkens.

Dies scheint nur eine Verkleidung zu sein.

Die Tonlage ist jeweils ganz anders.

Dumpf bis hell, also ist im oberen Teil mehr Luft hinter dem Holz als unten.

Der spitze Dübel ist nur ein Teil der eigentlichen Befestigung.

Hier müssen noch mehr sein. Rigobert ist besessen davon, der Spur nachzugehen.

Er verlässt sich weiterhin auf die Feinfühligkeit seiner Fingerspitzen. Stück für Stück, Zentimeter für Zentimeter untersucht er genauer.

Er findet weitere versenkte Dübel, die durch einen sauberen Einlass im Holz gut verarbeitet und getarnt sind. Ein einziges Brett vor einer Holzstütze erfüllt die tragende Funktion . Auffallend ist, dass es unterhalb des Querbalkens einen vertikalen Schlitz von circa einem Zentimeter in der Breite und fünfzehn in der Länge gibt. Auf der gegenüberliegenden Seite sieht man ebenfalls, dass es nur eine Verkleidung ist.

Auch hier ist der Schlitz.

Rigobert kann seinen kleinen Finger reinstecken. Was hat dies zu bedeuten?

Ein Kunstfehler des Handwerkers, eine Lüftungsfuge oder wie in Schreinerkreisen gern gearbeitete »*doppelte Böden*«?

Diesen Ausdruck hatte Rigobert während seiner Zeit in der Behindertenwerkstatt von dem erfahrenen Meister gehört. Zu gerne wurden in Schränken und Schubladen doppelte Böden eingelassen, die man beim Herausziehen des Ganzen erkennen konnte.

Nur auf der Rückseite sichtbar, klaffte ein schmaler Spalt zwischen dünnem Einlegeboden.

*

Tonny, Gilles, Tony, Blandine und Magnus stehen bei ihrem Rundgang über den Gutshof vor dem großen dunkelgrünen Holztor, das gestern durch den Getränkestand verdeckt war.

»Hier drin sind wahre Schmuckstücke«, sagt Tonny, »die ich im Auftrag der Stadt St. Vith hüte wie meine Augäpfel.«

Fragezeichen stehen den Schmitts auf die Stirn geschrieben.

Mit einem langen Bartschlüssel sperrt Tonny auf und drückt die Klinke hinunter, um dann die beiden Holzflügel auseinanderzuschieben. Es ist eine Scheune, die durch die kleinen Fenster auf der gegenüberliegenden Seite nur spärlich erhellt wird. Dennoch blitzt und funkelt es im unteren Teil.

Die Gäste sind im ersten Moment geblendet. Sie treten näher in den Schatten des Raumes. Tonny zieht insgesamt vier dunkle Militärdecken eine nach der anderen von den Objekten vor ihnen herunter. Es kommt ganz links eine Pferdekutsche, daneben ein Lkw mit Pritsche, ein Pkw und ein Motorrad zum Vorschein.

»Dies sind ja wahre Oldtimer!«, stößt Magnus hervor.
»Inzwischen ja. Dies sind Luis' letzte Fahrzeuge.
Sie stehen seit 1962 hier in der Scheune. Ich darf sie wie soeben gesagt, im Auftrag hegen und pflegen, aber nicht fahren. Die Stadt kommt für den Unterhalt auf, kann sie aber nicht verkaufen. Inzwischen sind sie dank meiner Pflege bestimmt ein Vermögen wert.«

»Das gibt es doch gar nicht!«, wirft Blandine ein.

»Doch das gibt es. Jetzt wisst ihr auch, warum ich so an allem hier hänge. Wir müssen eine Möglichkeit finden, mich als den rechtmäßigen Erben beweisen zu können.
Die Blutgruppenbestimmung trägt mit Sicherheit schon dazu bei.
Nur ob das der Stadt St. Vith genügt?«

Der hellgraue Lkw, ein *Daimler-Benz LA 3500* aus dem Jahr 1950, ist eine Allradversion mit 90 PS starkem Diesel-Sechszylinder OM 312.
Der Pkw ist ein roter Jaguar MK II Baujahr 1960.
Das Zweirad, eine BMW R27, gebaut 1958.

»Hast du noch mehr aus der damaligen Zeit zu bieten? Ich denke an das Inventar wie Möbel, Haushalt und so weiter?«, fragt Blandine ganz vorsichtig.

»Einiges habe ich natürlich an Möbel, Porzellan und Dinge des alltäglichen Gebrauchs bei unserem Hinauswurf mitgenommen. Aber nicht alles«, kommt Tony ihrem Sohn zuvor.

»Die Stadt hat den Rest in dem Turm an der Ostseite zum See hin untergestellt und versiegelt. Dort soll folglich niemand hineinkommen. Was die Stadtmänner jedoch nicht wissen, ist, dass es von der anderen Uferseite einen unterirdischen Gang, also mehr eine Röhre unter Wasser, gibt, der mit einer Falltür im Turm endet«, erzählt Tonny und reibt sich die Hände.

»Als Kind habe ich mich zusammen mit den Kindern des Personals und der Arbeiter dort ausgetobt. Mit Fackeln in den Händen sind wir durch die ein Meter im Durchmesser großen Rohre gestiefelt.

Da sie unter dem Wasser sind, ist es ständig feucht und schimmelig. Außerdem stinkt es nach Moder, Kloake. Ich will euch diesen Gang jetzt lieber nicht zeigen. Bestimmt haben sich viele Ratten dort eingenistet. Ich will es auch nur so erwähnt haben«, gibt Tonny kund.

»Das wusste ich ja gar nicht, dass es solch einen Gang gibt. Du hast mir nie davon erzählt.«

»Tja, maman. Du musst ja auch nicht alle meine Schandtaten aus damaliger Zeit wissen.«

»Was ist mit weiteren Wirtschaftsräumen und den privaten Zimmern?«, will Magnus wissen.

»Irgendwo muss ich auch wohnen. Also habe ich die ehemalige Wohnung des Verwalters gemietet. Sie ist zwar nicht besonders groß, aber für meine Ansprüche ausreichend. Jean-Paul bewohnt Vaters altes Büro und die beiden Räume, die hinter der Schreinerei angebaut sind. Dort wurde früher das Furnier gelagert.«

»Das ist hochinteressant. Wenn ich jetzt richtig kombiniere, steht das eigentliche Gutshaus leer.«
  »Mmh, leider. Ausgeräumt und abgesperrt. Dort kommen wir nur durch ein Fenster rein, das ich von außen aufdrücken kann. Das darf nur niemand wissen«, verrät La Roche.

*

Inzwischen ist es später Nachmittag geworden. Rigobert hat sich entschieden, morgen spontan einen »freien Tag« zu nehmen. Seine Frau Andrea ist informiert. Nun muss er sich nur noch um eine Unterkunft bemühen. Sicherlich hat Lulu noch ein kleines Zimmer für ihn frei. Schnell besorgt er sich die Nummer übers Internet und fragt per Telefon nach. In der Tat hat sie eins frei. Da er gerade mit ihr spricht, reserviert er für den heutigen Abend noch einen Tisch für sechs Personen. Sie möge sich mit dem Essen etwas einfallen lassen, falls es keine großen Umstände mache.

Lulu ist es gewohnt, dass sie von jetzt auf gleich viele Gäste hat. Ihre Vorratskammer hält sie aus diesem Grund über die Sommermonate stets gut gefüllt. Außerdem besitzt sie das Talent, gut improvisieren zu können. Somit sagt sie der Reservierung zu, jedoch mit der Einschränkung, dass sie erst nach einundzwanzig Uhr zu Tisch kommen dürfen.

Rigobert bleibt keine andere Wahl, als zuzustimmen. Nach dem Telefonat denkt er wieder über die Künste der alten Schreiner nach. Warum haben sie mit »doppelten Böden« gearbeitet? Mit Sicherheit ein ideales Versteck für Wertsachen und Dinge, die man einfach geheim halten will.

Was hat es mit den beiden Schlitzen in der Verkleidung auf sich?

Soll er sich allein daran machen, vorsichtig die Bretter abzunehmen?

Oder wäre es vernünftiger, erst die anderen, die vermeintliche Verwandtschaft, über seine Entdeckung zu informieren?

Warum sind Tonny die veränderten Holzsäulen nicht aufgefallen?

Schließlich geht er tagtäglich daran vorbei.

Oder ist ihm der Ort, an dem sein Vater sich erhängt hat, so suspekt?

Gilles war es auch, der seinen Eltern und ihm die Stelle beschrieben hat, nicht etwa Tonny oder gar Tony. Er klopft noch einmal rechts und links gegen die Säulen. Ja, es klingt oben hohl, nach unten dumpfer. Es scheint wirklich nur eine Fassade zu sein.

Er kann als Gast, als Besucher, als Großneffe oder Urenkel nicht einfach die Bretter abnehmen und nachschauen. Rigobert ringt mit sich.

Nein, er wird jetzt nach draußen gehen und seine Entdeckung verkünden und gleichzeitig bekannt geben, dass er bei Lulu einen Tisch bestellt hat. Er sucht die anderen im Innenhof, im Vorhof, dort wo die Baumkunstwerke stehen, findet sie jedoch nicht. Stattdessen trifft er auf Dinard. Dieser wundert sich erst über den Besuch, akzeptiert ihn aber als vermeintlichen Verwandten von La Roche. Rigobert ist von den Skulpturen angetan. Gerne lässt er sich von Jean-Paul den Umgang mit der Motorsäge und das Ausarbeiten der Feinheiten mit Stechbeitel und Feile erklären.

Diese Arbeit könnte ihn auch herausfordern, denkt er. Aus Grobem entsteht Feines. Sie fachsimpeln noch etwas über ihren gemeinsamen Lieblingswerkstoff Holz, bis sie durch Tonnys Ruf:
»Na so was. Habt ihr euch schon bekannt gemacht?«
unterbrochen werden. Die fünf sind bei ihrer weiteren Besichtigungstour im vorderen Hof angekommen.

Tonny stellt den Schmitts Jean-Paul Dinard vor. Blandine und Magnus beglückwünschen Dinard für seinen tollen Einfall, die alten Linden vor dem endgültigen Aus noch einmal stilvoll aufzuwerten.
Gemeinsam gehen sie zurück in den hinteren Innenhof zu den Sitzgelegenheiten.

Magnus unterhält sich angeregt mit Jean-Paul über dessen Werke. Tony und Blandine tratschen über Pauline, Lena, Guda und über Rigoberts Söhne. Gilles, Tonny und Rigobert erlauben sich, über die belgische Bürokratie zu lästern.

Es ist für Rigobert die beste Gelegenheit, ganz zart auf seine Entdeckung hinzuweisen.

Das Kommissariat und die Behörden haben offensichtlich den vermeintlichen Tatort zur damaligen Zeit vor mehr als fünfundfünfzig Jahren nicht näher untersucht.

Rigobert hängt sich bei den beiden Männern von hinten in die Arme und sagt im Flüsterton:

»Ich möchte euch gerne in der Schreinerei etwas zeigen. Irgendwie hat dieser Ort mich fasziniert, man kann auch sagen, magisch angezogen. Der Duft nach Sägemehl, das alte Holz, das dort noch in den Ecken steht und meine kleine Verletzung haben dazu beigetragen, mich näher dort um zu sehen. Kennt ihr den Ausdruck ›doppelter Boden‹?«

Gilles' als auch Tonnys Erklärung gehen in die falsche Richtung. Rigobert meint weder das Fangnetz der Trapezkünstler noch den Unterbodenschutz am Auto.

Er klärt sie auf.

»Willst du etwa sagen, dass es ein geheimes Versteck in der Schreinerei gibt?«, kombiniert Gilles.

»Genau. Bis heute hat es niemand entdeckt.Einfach geschickt getarnt. Wir benötigen Werkzeug. Ich habe das passende schon gesichtet, wollte aber nicht so einfach ohne euch dabeizuhaben ans Werk gehen. Sonst heißt es noch, ich habe aus Habgier Sachen beschädigt, nicht wahr Herr Kommissar!«

»Nu, lass mal gut sein mit dem Kommissar«, lacht Gilles und knufft Rigobert in die Seite.

»Spann uns nicht länger auf die Folter.«

Die drei setzen sich von den anderen unbemerkt in der ehemaligen Tischlerei ab.

Rigobert nimmt sich gleich zwei Stechbeitel, die er vorhin schon bemerkt hat.

Dann erst zeigt er den beiden seine Fundstellen. Er lässt sie die beiden Säulen abklopfen, wie er es getan hat.

Sie stecken die Finger in die Schlitze und kommen zu dem gleichen Ergebnis, dass hier ein Versteck sein könnte.

Tonny holt schnell einen Lichtstrahler aus seinem Atelier, das ja gleich hinter dem dunklen Gang liegt.

Nun kann man noch viel deutlicher, als mit Rigoberts Handylampe, die Bretter betrachten. Noch zögern sie.

Tonny schlägt mit der Faust auf die Verkleidung.

»Jetzt oder nie. Ich habe das Gefühl, dass mein alter Herr schon irgendwie wollte, dass wir hier genau an dieser Stelle mal näher hinschauen. Warum hat er sich ausgerechnet hier erhängt und nicht an einem Baum oder gar mit seinem Jagdgewehr erschossen?

Ans Werk, Männer.«

Behutsam versucht Rigobert auf der einen Seite, Tonny auf der anderen des Brettes, mit dem Stechbeitel in die kleinen Fugen an den Kanten zu gelangen.

Es ächzt, es quietscht.

Die Männer verlangen nach einem Hammer, um fester auf das Stemmeisen schlagen zu können.

Das klirrende Geräusch, wenn metallene Gegenstände aufeinandertreffen, ist nicht zu überhören.

»Was macht ihr hier?«, fragt Tony, die mit den anderen eilends herbeigelaufen kommt. Gilles klärt den Sachverhalt sofort auf.

Mit höchster Spannung wird die Arbeit verfolgt. Tony sackt zusammen.

Magnus kann sie gerade noch auffangen, bevor sie auf den Boden fällt.

»Tony, was ist mit dir?«

»Ich habe gerade Luis gesehen, wie er damals hier am Strick baumelte.«

Jean-Paul, der mit in die Schreinerei gekommen ist, rennt nach draußen, um Wasser für Tony zu holen.

Sie erholt sich.

Tonny und Rigobert haben ihre Arbeit unterbrochen.

»Macht ruhig weiter, Jungs«, flüstert sie, »ich glaube, dass Rigobert Recht hat. Luis hat immer gesagt, dass die Schreinerei sein Leben gewesen sei. Ich habe diesen Ausspruch auf die Arbeit bezogen und als sein Lebenswerk gesehen. Es könnte aber auch etwas ganz anderes dahinterstecken. Meint ihr nicht?«

*

Es ist ein Kraftakt für die Männer.

Die Verkleidung aus Brettern ist gut miteinander verdübelt. Das Holz ist angesichts seines Alters sehr trocken und splittert an den Rändern. Krachend fällt das erste zu Boden.

Wie in einem Reigen steht die Gesellschaft vor der Bescherung.

Rigoberts Spürsinn haben sie zu verdanken, dass sich ihnen Luis' geheimes Versteck offenbart. Vor ihnen liegt ein Haufen Staub und Dreck. Es laufen etliche aufgescheuchte Spinnen und Motten über einen Pulk von Briefumschlägen unterschiedlichster Größe und losen Papierblättern mit deutlichen Altersspuren.

Wie zu Eissäulen erstarrt stehen alle da. Sie bücken sich gleichzeitig, stoßen beinahe mit den Köpfen aneinander. Jeder greift sich ein Teil.
    Es ist mucksmäuschenstill. Man hört nur das Auseinanderfalten von Papier und das Aufreißen der Kuverts.

Dann reden alle durcheinander:

»Hier ist Geld im Umschlag. Deutsche Mark.«

»Hier auch!«

»Ich habe eine handgeschriebene Kostenaufstellung an Monsieur Van Bloom von 1959.«

»Das ist ein Schuldschein. Allerdings in Französisch. Luis hat den Erhalt des Geldes quittiert. Insgesamt ein Betrag von 1.150.000 Franc. Ausgestellt am 31. März 1960.«

»Dieses ist ein Auszahlungsbeleg der Spielbank in Baden-Baden über 50.000 Mark. 20. Juli 1961.«

»In meinem Umschlag sind jede Menge 10.000-Belgische-Franc-Scheine.«

»Auf meinem Zettel steht: 60.000 DM. Spielbank Baden-Baden. 11. Mai 1960.«

»Tony, hat Luis gespielt und vielleicht auch dubiose Geschäfte gemacht?«, will Hauptkommissar Gilles Albert von seiner Frau mit ernster Miene wissen.

»Nicht, dass ich wüsste, aber so abwegig ist es auch nicht. Er war öfters mal zwei bis drei Tage einfach verschwunden. Niemand wusste, wo er war. Mal fehlte sein Motorrad, mal das Auto. Wenn ich jetzt so überlege, war er nach seiner Rückkehr oft besonders gut gelaunt. War er in einer Spielbank und hatte gewonnen?«

»Lasst uns doch den Papierberg hier aufnehmen und sortieren. Rigobert und Tonny, schaut mal auf der anderen Seite nach. Dort ist bestimmt auch noch ein Versteck«, gibt Gilles eine fast schon professionell klingende Aufforderung.

Sie machen sich alle bis auf Tony ans Werk.
Sie fühlt sich gar nicht wohl und begibt sich wieder nach draußen in den Schatten der Linden.
Hinter der anderen Verkleidung sind ebenfalls Zettel und kleine Briefumschläge zu finden. Allerdings bleiben sie erst

einmal ineinander verkeilt an der Wand hängen. Es sind auf den ersten Blick erkennbar wesentlich mehr.

Jean-Paul holt einen Waschkorb, um die Fundstücke darin zu sammeln, dann zieht er sich taktvoll zurück. Gemeinsam wollen sie jedes einzelne Stück Papier betrachten, jeden Umschlag öffnen, um dann Rückschlüsse ziehen zu können, was dies zu bedeuten hat. Gilles bestimmt den weiteren Verkauf.

Auf Tonnys Ateliertisch soll sortiert werden. Zuerst nach Alter beziehungsweise nach Datum und dann nach den Inhalten.

Mal ist das Geschriebene auf Deutsch, mal auf Französisch.

Viele Umschläge stammen aus dem *Casino de Spa, Baden-Baden,* und dem *Grand Casino Chaudfontaine-Liège,* wie die Aufdrucke erkennen lassen.

Luis war in der Tat ein Spieler. Zwei braune, dicke, aber kleine Umschläge mit Luis' Schreinerei als aufgedruckter Absender sind besonders auffällig.

Sie sind mit einem roten Wachssiegel zusätzlich verschlossen.

Gilles will sie erst später öffnen, wenn bereits alles andere begutachtet ist. Hat er eine Ahnung, was sich darin befindet? Widerwillig fügen sich alle seiner Anordnung. Sie finden insgesamt 801.500 Deutsche Mark. Der größte Teil in 1.000er-Scheinen, und 12.490.500 belgische Franc.

Dem ersten Jubelschrei folgt tiefstes Entsetzen. Es ist verdammt viel Geld. Und es ist altes Geld.

Kann man diese Währungen heute noch überhaupt in Euro umtauschen? Wer bekommt das Geld?

*

Der alte, rund gemauerte Brunnen im Innenhof ist gut zwanzig Meter tief. Noch immer kann man kühles Wasser mit einem Blecheimer, der an einem Tau befestigt ist. nach oben befördern,

Es ist für die Schatzsucher eine willkommene Erfrischung und Waschmöglichkeit.

Rigobert hat endlich Gelegenheit, seine Einladung zum Abendessen in Lulus Auberge kundzutun. Alle, bis auf Tony, sind begeistert und bedanken sich.

Sie fühlt sich nicht besonders wohl. Die Hitze und die Aufregung setzen der alten Dame doch zu.

Sie möchte lieber nach Hause, hat aber nichts dagegen, wenn Gilles mit ihnen geht. Bis zur Abfahrt in die Gaststätte haben sie noch gut zwei Stunden Zeit. Immer wieder werden Luis' zum Teil handgeschriebene Zettel und die Briefumschläge der Casinos begutachtet.

Tony hat inzwischen auch auf Tonnys großem Arbeitstisch mitgewühlt. Kopfschüttelnd und mit kaum verständlichen, aber gleichen Worten beteuert sie immer wieder, nichts davon bemerkt zu haben. Klar, er war ein Mann der Tat, der einerseits wusste, was er wollte, andererseits Fürsorge wie ein kleines Kind benötigte.

Seine Ausflüge im Alleingang beunruhigten sie nicht.

Er kam ja immer wieder nach Hause, stellte den kleinen Koffer mit der Schmutzwäsche in der Waschküche ab und verschwand in seinem Arbeitszimmer. Gilles will wissen, welche Kleidung sich in dem Koffer befand. Tony versteht die Frage nicht. Deshalb antwortet sie nur: »Ich glaube, da waren nur Toilettensachen, Unterwäsche, Strümpfe und vielleicht zwei Hemden drin. Mehr braucht man doch nicht für zwei, drei Tage.«

»Das schon, doch in den Spielcasinos herrscht damals wie heute eine gewisse Etikette. Das heißt, Smoking ist Pflicht. Hast du den bei Luis nicht gesehen?« Wieder schüttelt Tony mit dem Kopf.

»Möglicherweise hat er das gute Stück irgendwo anders deponiert. Es trägt jetzt nichts zur Sache bei«, sagt Gilles und begutachtet die Geldscheine, während alle anderen sich immer noch mit den Papieren beschäftigen und vor allen Dingen über den Inhalt der beiden braunen Umschläge rätseln. Die meisten der 1.000-Mark-Scheine sind mit Banderolen der Baden-Württembergischen Landesbank gebündelt und weisen das Erscheinungsdatum vom 02.01.1960 auf. Sie dürften ihren Wert und ihre Gültigkeit noch nicht verloren haben.

Bei der belgischen Währung ist es ähnlich. Die Scheine tragen ganz unterschiedliche Druckdaten und Abbildungen von Königen, Dichtern und Malern, von 1944 bis 1961. Gilles und Tony erinnern sich gut an die belgischen Franc. Luis hatte Hobbys, von denen Tony nichts wusste: sich in Spielcasinos amüsieren, Geld abkassieren, um es letztlich, ohne weiteren Gebrauch davon zu machen, hinter der Holzverkleidung zu verstecken.

Es stellt sich nach wie vor die Frage: warum? Von einer

Anlage bei der Bank hätte er sicherlich die beste Rendite gehabt. Oder handelte sich um Schwarzgeld, das er einfach mitsamt dem ein oder anderen Beleg verschwinden ließ? Was wollte er mit dem Geld anfangen und wieso wählte er ausgerechnet diesen Ort, um sich zu erhängen?

»Steckte vielleicht gar eine andere Frau dahinter?«, merkt Blandine ganz zart und leise an. Nur Gilles hört ihre Worte.

»Ich denke nicht«, flüstert er zurück, »das passt nicht zu einem Spieler dieser Größenordnung. Lass mich nur mal machen.«

Vor ihnen liegen die beiden Umschläge.

Der eine fühlt sich fest an und ist auch dicker als der andere.

»Soll ich sie jetzt öffnen?«

»Ja, mach sie auf. Ich will endlich wissen, was da noch alles zum Vorschein kommt«, bittet Tony in ungewohnt herbem Ton mit leicht bitterem Nachgeschmack.

»Also gut. Ich warne euch aber vor vielleicht unerfreulichen Dingen, die lange Jahre hier drin verborgen waren. Ich spreche nur aus meiner Erfahrung meiner Zeit als Kriminalinspektor.«

Sechs Augenpaare verfolgen seine Handbewegungen. Er bricht zuerst das Siegel des harten Briefes.

Auf dem Tisch landen Fotografien, so groß wie eine Postkarte. Gilles nimmt sie bewusst mit der Rückseite nach oben auf und legt sie in einer Reihe aus.

Es sind sieben Stück. In großer Schrift stehen Jahreszahlen in blauer Tinte drauf.

Gilles liebt Ordnung.

Anschließend sortiert er sie. 1936 – 1948 – 1950 – 1954 – 1956 – 1959 – 1961.

Dann dreht er langsam wie beim Black Jack eine nach der anderen um.

Auf allen Schwarz-Weiß-Bildern ist ein und dieselbe Frau zu sehen.

Immer adrett in einem Sommerkostüm mit großem Sonnenhut gekleidet, immer ist sie draußen.

Mal sitzt sie auf einer Parkbank, mal auf einem Stuhl in einem Café, lässt an einem Brunnen Wasser durch ihre Finger fließen, als Sozius auf dem Motorrad, lehnt am Auto, vor einem Prachtbau und zuletzt mit einem kleinen Hund auf dem Arm.

Tony ist geschockt.

»Wer ist diese Frau? Er hat sie wohl regelmäßig getroffen und fotografiert, als wäre sie ein Mannequin. Und das fünfundzwanzig Jahre lang. Sie ist zwar älter geworden, aber hat an Würde und Ausstrahlung nichts verloren. Mein Gott, was kommt denn heute noch alles zutage!«

»Darf ich mal?«, fragt Blandine und zieht die letzte Karte zu sich heran.

»Das ist Oma Guda.

Ich erkenne den Hut. Mama hatte ihn wohl von ihr ausgeborgt, um ihn an meiner Taufe zu tragen. Das war im September 1962. Ja, ich bin mir ganz sicher, das ist Guda, meine Großmutter, Luis' erste Frau.«

»Haben die beiden auch nach ihrer Scheidung noch Kontakt gehalten und sich sogar heimlich getroffen? Ist das Gebäude hier nicht das Spielcasino in Baden-Baden?«, meint Tony.

»Es sieht danach aus. Das hier ist Luis' Motorrad, das wir vorhin gesehen haben. Auch den roten Jaguar hat er Guda nicht vorenthalten. Er muss sie trotz aller Widrigkeiten, die die beiden auseinandergebracht haben, noch immer geliebt haben. Heimlich, versteht sich. Du, Tony, hast es auf jeden Fall nicht bemerkt.

Es stellt sich die Gegenfrage, ob Gudas zweiter Mann *Johann Hoffmann* von diesen Treffen gewusst hatte.

Dies können wir nicht nachprüfen.

Oder hast du, Blandine, zuhause noch alte Dokumente deiner Großmutter?«

»Nein, da bin ich mir ganz sicher. Meine Mutter hatte nicht das Faible, alten Kram aufzuheben. Wenn es überhaupt etwas von den beiden gab.«

»Das erste Bild von 1936 ist wohl vor der Trennung der beiden entstanden. Schaut, ist dort hinter der Bank nicht eine der Weiden zu kennen, die hier auf dem rückwärtigen Weg zum Gutshof stehen?«

Tonny bestätigt mit dem Kommentar, dass die Weiden auch in die Jahre gekommen sind. Jedoch eine Bank hat er noch nie gesehen. Vielleicht stand sie weit vor seiner Kinderzeit dort.

Nach dem Krieg 1948, Guda im hellgrauen Kostüm, sie rührt ihren Kaffee und lächelt in die Kamera.

Gilles dreht seinen Schnauzer mit den Fingerspitzen und etwas Spucke zurecht, während er das zweite Foto betrachtet.

»Dies könnte bei Lulu sein. Werden Blauregen nicht uralt? Im Eingangsbereich, dort, wo die Pergola steht, sitzt so eine sich windende Kletterpflanze. Die Auberge gab es doch damals schon?«

»Ja. Lulus Mutter bewirtschaftete sie damals als Dreh- und Angelpunkt für Reisende. Vorne war Deutschland, auf der Rückseite der Gaststätte die Wallonie.

Tonny und ich haben dort später nach der Vertreibung gewohnt. Das wisst ihr aber inzwischen«, flüstert Tony, noch immer innerlich aufgewühlt und fassungslos.

Sie ist mit ihrer Kraft am Ende.

Blandine nimmt sie fest in die Arme. Schluchzend lässt sie es zu.

»Mein Herz, soll ich dich oder Tonny nach Hause fahren? Ich erzähle dir später alles, worüber wir bei Tisch gesprochen haben. Du bist doch total erschöpft.« Tony wehrt ab. Nein, sie bleibt noch eine Weile.

*

Die Spekulationen über die Orte, an denen die Fotos von Guda geschossen worden sind, gehen unter Gilles' Feingespür weiter.

Das Bild aus dem Jahr 1950 zeigt eindeutig den großen Brunnen in Baden-Baden.

Auch das Foto des Jahres 1954 ist in der Spielmetropole aufgenommen worden.

Die Hintergründe der Fotos mit dem Auto und dem Motorrad sind sehr verschwommen.

Man kann nur die Silhouette von großen, bunten Blumenbeeten erahnen. Dem Gefühl nach auch vor einer Spielbank.

Es könnte wieder Baden-Baden sein, aber auch das *Casino in Spa* oder das *Grand Casino Chaudfontaine-Liège*.

Alle Fotos haben die Gemeinsamkeiten, dass sie im Sommer aufgenommen wurden, von gleicher Größe und gleichem *Agfa*-Papier sind.

Nun interessiert sich Gilles, ob Luis gerne fotografierte und ob er eine entsprechende Ausrüstung besessen hatte.

Tony und Tonny verneinen im Duett.

Der alte Kommissar kann es nicht glauben.

Ein Mann von Welt, der ein florierendes Geschäft führt, mit Vorliebe einen, zur damaligen Zeit modernen, Sportwagen und ein Motorrad fährt, der einen echten Panamahut trägt, sich mit einer schönen Frau in Spielcasinos zeigt, besitzt keinen Fotoapparat.

Wer hat die Aufnahmen gemacht?

Ein Fremder hätte bestimmt auch Monsieur gemeinsam mit Guda abgelichtet. Es kann nur Luis selbst gewesen sein.

Unverkennbar sind es sein Jaguar und seine BMW.

Ist die Kamera wie der Smoking irgendwo deponiert?

Gibt es sogar noch mehr Fotos?

Fest steht, dass er all die Jahre heimlich in Verbindung mit Guda Hoffmann stand.

War sie ebenfalls der Spielleidenschaft verfallen oder nur die treue Gefährtin?

Was spielte Luis überhaupt und ab wann?

Nach dem Erscheinungsdatum der Banknoten könnte man annehmen, dass es die Zeit zwischen 1950 und 1962 gewesen war. Besonders beliebt war damals das Spiel am englischen beziehungsweise am französischen Roulette-tisch.

Luis hat offenbar mit hohen Einzeleinsätzen gespielt, um das Fünfunddreißigfache davon zu gewinnen.

So erklärt Gilles die enormen Geldbeträge.

Hatte Luis nur gewonnen oder verlor er auch seine Einsätze?

Gab oder gibt es noch ein weiteres Versteck?

Bemerkenswert ist, wenn seine Gewinne und sonstige Papiere einmal durch den Schlitz in das Innere der Verkleidung gelangt waren, gab es keine Möglichkeit mehr, etwas zu entnehmen, ohne das Frontbrett zu entfernen.

Ideal für einen süchtigen Spieler. Er schützte sich selbst vor dem Bankrott.

*

Der zweite versiegelte Umschlag ist deutlich leichter.

Gilles bricht wieder mit Hilfe seines Taschenmessers das rote Wachssiegel mit den Initialen *LR*.

Vorsichtig zieht er ein handschriftlich geschriebenes relativ dünnes Papier raus.

Es umfasst eine ganze Seite in enger Schrift.

Gilles legt es auf den Tisch, streicht es mit beiden Händen glatt, setzt seine Lesebrille auf die Nasenspitze, schaut jedoch über sie hinweg in die Runde der Angehörigen.

»Wir haben hier etwas gefunden, von dem man glaubte, dass es nicht existiert.«

15. August 1962

Ich setze meinem Leben lieber selbst ein Ende, bevor es ein anderer tut. Ich möchte unserem Herrgott zuvorkommen, auch wenn es eine Todsünde ist. Es ist meine letzte, meine allerletzte. Die anderen habe ich bereits vorher begangen. Ich möchte nicht vor dem jüngsten Gericht stehen.

Ich weiß selbst, was ich getan habe und bereue zutiefst.

Heute kann ich nichts mehr wiedergutmachen und den Mut, um Verzeihung zu bitten, habe ich nicht.

Es wäre besser gewesen, mich gegen den Willen meiner Eltern zu stellen und nicht auf ihr Drängen hin in die Scheidung von Guda einzuwilligen. Ich habe sie geliebt, damals, als wir jung waren. Ich liebe sie noch immer. Und sie mich auch. Unsere heimlichen Treffen sind mein Lebenselixier. Sie gehört zu mir wie meine Töchter Pauline und Lena und mein erstes Enkelkind, das bald das Licht der Welt erblicken wird. Ich danke Guda für die schönen Momente und Berichte über unsere Kinder. Der Gutshof, das Herrenhaus und

die Tischlerei haben meinem Leben immer einen Inhalt ge-
geben. Höhen und Tiefen eingeschlossen. Doch die korrupten
Machenschaften, um an die wirklich interessanten Aufträge
zu kommen, sind nicht mein Stil.

Ich nehme lieber die Herausforderung bei dem Spiel mit Geld
an. Doch auch hier ist mal ein Ende zu setzen. Genug ge-
spielt, genug gewonnen. Alle Erträge sind hier in meinem
Briefkasten, der fest verschlossen ist. Wer einmal diesen
Schatz hebt, wird genügend Arbeit haben, ihn geschickt an-
zulegen und das Beste daraus zu machen.

Ich hoffe nur, dass mein Versteck nicht zuvor durch einen
Brand oder Abriss zunichtegemacht wird.

Es würde mich sehr freuen, wenn mein Sohn, Tonny La Ro-
che, zu dem ich mich nie offiziell bekannt habe, oder männ-
liche Nachfahren meiner Töchter das geheime Depot finden.

Für Tonnys Mutter, Tony La Roche, bin ich eine Art Vater-
ersatz. Ich habe mich um sie nach dem Verlust ihrer Familie
gekümmert. Sie dankt es mir mit körperlicher Zuneigung,
aber geliebt habe ich sie nicht.

Guda ist und bleibt meine wahre Liebe.

Tränen fließen Blandine und Tony über das Gesicht.

Bei Blandine sind es Tränen der Freude. Sie lächelt zart
und sagt: »Er hat gewusst, dass ich auf die Welt kommen
werde.«

Tonys Tränen sind eher von Enttäuschung geprägt. Sie
schüttelt sich, steht auf und bittet Gilles, sie nun endlich

nach *Hermage* zu fahren. Alle anderen stehen erst einmal stumm da. Rigobert klatscht in die Hände.

»Los, nun gibt es viel zu tun, meint ihr nicht? Dies ist das Dokument, das wir doch im Grunde gehofft haben, hier zu finden. Es ist sein Abschiedsbrief und sein Testament zugleich.«

»Du hast ja Recht *Rig*. Somit ist der Beweis unseres Verwandtschaftsgrades widerlegt. Ich bin also irgendwie dein Onkel oder Großonkel. Sehe ich das richtig? Wir brauchen den Blutgruppentest gar nicht weiterzuverfolgen. Oder wie siehst du das, Gilles?«

»In der Tat, es sind dem Datum nach Luis' letzte persönliche Zeilen. Es stehen zwar nicht die traditionellen Worte *Mein Letzter Wille* am Anfang, aber es ist eindeutig beschrieben, wer erbt. Wir sollten aber überlegen, wie wir dieses Schriftstück dem Amtsgericht glaubhaft machen können. Erst gibt über fünfundfünfzig Jahre kein Dokumnet über seinen Nachlass. – Dann findet der vermeintliche Urenkel zufällig das so wichtige Papier und obendrauf noch jede Menge Geld, aus etwas dubiosen Quellen.«

»Wir haben nun also richtige Probleme«, kommentiert Blandine.

»Ich werde unseren Tatort sofort fotografieren. Lasst bitte alles so liegen, wie es im Moment ist. Später, also vielleicht morgen oder übermorgen, drucken wir die Bilder aus und gehen damit zur Stadtverwaltung«, gibt Gilles in typischem Beamtenton von sich.

»Und was machen wir mit dem Geld?«

»Tja, das überlegen wir nachher bei Tisch. Jetzt packen wir es erst einmal zusammen und deponieren unseren Fund an einem weiteren sicheren Ort. Hat jemand einen Vorschlag wo?«

»Ja, ein gutes Versteck wäre der Kofferraum des Jaguars«, meint Tonny, »dort kommt so schnell niemand dran ohne meine Schlüssel.«

»Gut, aber ich als neutrale Person und Hüter der Gesetze bekomme den Schlüssel. Tonny, es ist nur eine Vorsichtsmaßnahme, kein Misstrauen. Den Brief nehme ich in meine persönliche Verwahrung. Wenn ihr wollt, gebe ich euch eine Kopie.«

Die Vorschläge finden ihre Zustimmung. Die Männer zücken alle ihre Handys, um Fotos zu machen. Anschließend räumen sie das Chaos nur grob zur Seite, schließlich drängt die Zeit, um noch rechtzeitig bei Lulu zum Essen zu erscheinen. Den Brief mit Gudas Bilder überlässt Gilles Blandine nur zu gerne.

*

Gilles bringt seine Frau nach Hause. Die ganze Aktion hat ihr zugesetzt. Sie ist nicht mehr so belastbar wie früher. Schweigend und in sich gekehrt sitzt sie auf dem Beifahrersitz des 500er-Fiats.

Über die große Enttäuschung, dass Luis sie nicht geliebt hat, muss sie erst einmal hinwegkommen.

Für sie war er die erste große Liebe. Nie mehr will sie an sein Grab vor der Friedhofsmauer gehen.

Dieses Kapitel schließt sie jetzt ein für alle Mal ab. Gilles ist stattdessen ihr treu ergebener Ehemann.

Das muss sie sich vor Augen halten. Ihm kann sie vertrauen, ihn kann sie lieben. Auch in ihrem hohen Alter. Andererseits freut sie sich über die Anerkennung der Vaterschaft. Leider viel zu spät. Man hätte es einfacher haben können. Nicht die Erniedrigung, mit leeren Händen und einem unehelichen Sohn dazustehen und zusehen zu müssen, wie das ihr liebgewordene Heim der Behörde und somit dem Zerfall ausgeliefert ist.

Freude und Schmerz zugleich. Sie will nun für sich alleine sein, um Ruhe zu finden und über die Ereignisse der letzten beiden Tage nach zu denken. Magnus und Blandine fahren gemeinsam in Rigoberts Wagen ins *Chez Lulu*. Ihren Mini lassen sie im Gutshof stehen.

Sie sitzen händchenhaltend im Fond. Sie lassen alle drei den heutigen Tag in Worten Revue passieren.

Die Anspannung ist verflogen.

Tonny folgt ihnen mit dem Motorrad.

Er ist mit sich und der Welt zufrieden.

Der profane Brief wird sein Leben als meist am Existenzminimum lebender Künstler verändern, denkt er.

Wie im Kino laufen die Szenen der letzten Stunden in seinem Kopf ab.

Ist er etwa auf einem Höllentrip?

Übermütig fährt er in Schlangenlinien über die Land-straße und kann gerade noch einem anderen Zweiradfah-rer ausweichen.

Lulu hat draußen auf der Terrasse den großen, runden Tisch für ihre Gäste eingedeckt und bereits die dekorativen Laternen angezündet, obwohl es noch hell ist. Die Familie Schmitt macht sich erst noch frisch, um dann bei Tonny und Gilles, der bereits nachgekommen ist, Platz zu nehmen. Die beiden unterhalten sich leise über das Wohlbefinden von Tony. Die Hausdame hat ihnen bereits kühles Bier und eine kleine Schale mit Oliven serviert. Kaum sitzen alle im Kreis um den Tisch, erkundigt sich Blandine erst einmal nach Tony. Gilles wehrt mit beruhigenden Worten ab.

Tony versuche, sich zu beruhigen, um schlafen zu können. Unzählige kleine Töpfchen und Tiegel mit diversen Soßen werden von Lulus Aushilfskellnerin auf dem Tisch verteilt. Die Mitte bleibt großzügig frei.

Es folgt ein Aufgebot an fein aufgeschnittenen unter-schiedlichen Fleischstücken und schließlich das Rechaud mit der heißen Marmorplatte oben drauf.

»Heißer Stein habe ich seit ewigen Zeiten nicht mehr ge-gessen!« lässt Magnus spontan aus sich raus.

»Wusst ich's doch«, kommentiert Lulu mit einem kecken Blick in die Runde. »Ich denke, dass ihr noch eine Menge zu erzählen habt und dabei gibt es nichts Schöneres als hin und wieder einen kleinen Bissen in den Mund zu schieben.«

»Stimmt«, sagt Tonny mit einem Augenzwinkern in Richtung Lulu.

Sobald sie wieder im Gastraum verschwunden ist, um sich noch den anderen Besuchern zu widmen, legen die vier nicht nur mit dem Essen los, sondern greifen das Gespräch über Luis' merkwürdigen Abschiedsbrief wieder auf.

Die Meinungen darüber gehen von »durchgeknallt« über »verrückt« und »lebensmüde« bis hin zu »letzter Ausweg«. Die Frage, ob sein Verhalten gar mehr als krankhaft war, wagt niemand zu äußern. Was sollen sie nun konkret unternehmen?

Gilles, ein durch und durch vernünftiger Mann, wiederholt seinen bereits erwähnten Vorschlag. Er geht davon aus, dass das Schriftstück durchaus genügen wird, um als Erbberechtigter dazustehen. Dabei stellt sich nur die Frage, ob Tonny gemeinsam mit Rigobert oder alleine Nutznießer ist, da Luis auch die männlichen Nachkommen seiner Töchter erwähnt hat, die es zu jenem Zeitpunkt noch gar nicht gab.

Eine äußerst schwierige und delikate Situation. Hier meldet sich Tonny sehr ernst und bestimmt zu Wort.
    »Nein, es ist ganz einfach. Wir, also Rigobert und ich, werden gemeinsam ohne Kompromisse und zu gleichen Teilen das Erbe annehmen. Bist du damit einverstanden? Sag, einfach ja. Ich bin nun auch nicht mehr so taufrisch und habe keine Kinder. Wer also soll dort wohnen und weitermachen, wenn ich nicht mehr bin? Soll dann das ganze Gut wieder von der Stadt übernommen werden, sodass die

letztlich alles verkauft oder versteigert? Nee, nee, wir beide bringen den Laden wieder in Schwung.«

»Eure Meinung zu diesem Vorschlag ist gefragt«, will Gilles wissen.

Magnus und Blandine stimmen wohlwollend zu. Ihr Sohn wischt sich verlegen eine kleine Träne aus dem Auge, dann steht er auf. Er geht auf Tonny zu und umarmt ihn mit aller Kraft: »Das ist ganz lieb von dir, ich danke dir für das Vertrauen. Gemeinsam bauen wir alles wieder auf. Stellt sich nur die Frage wie, was und womit?«

Die Umarmung wird von Lulu beobachtet.

Sie steht für die Runde nicht direkt sichtbar hinter einer Monstera-Pflanze. Von Neugierde geplagt, eilt sie unter dem Vorwand, sich um die Getränke kümmern zu wollen, herbei.

»Habt ihr euch jetzt alle lieb?«, scherzt sie diesmal mit tiefstem wallonischen Akzent.

»Ja. Wir sind schließlich miteinander verwandt. Wir haben das gleiche Blut in uns fließen und den gleichen Vorfahren. Luis Rois ist wirklich mein Vater und Rigoberts Urgroßvater. Wir haben heute den Beweis dafür gefunden«, prahlt Tonny.

»So, habt ihr. Das ist toll. Wollt ihr mir mehr darüber erzählen, oder ist es zu indiskret, mit einer alten Freundin darüber zu reden?«

Gilles: »Lulu, lass jetzt mal gut sein. Du wirst schon noch mehr über die beiden erfahren. Ich habe aber eine ganz spezielle Frage an dich. Blandine, hast du das Foto bei dir, auf dem Guda kaffeetrinkend zu sehen ist?«

Ein siebter Sinn hat Blandine veranlasst, das Kuvert mit den Bildern zum Essen mitzunehmen. Sie übergibt sie ihm schweigend. Gilles fischt ein Foto aus dem Stapel, um es Lulu mit der Frage: »Das ist doch hier bei dir?

Dort vorne, wo der Blauregen steht?« zu zeigen. Sie kneift die Augen zusammen. »Ja, aber da war er noch nicht so schön üppig gewachsen wie heute. Wann wurde das Bild aufgenommen und wer ist die hübsche Frau?«

»Von 1948 und die Frau ist Guda Hoffmann, geschiedene Rois. Die kenne ich nicht. Ich war zu dieser Zeit noch gar nicht auf der Welt, aber meine Mutter kennt sie bestimmt. Sie führte damals schon das Lokal. Du solltest sie fragen.«

»Das habe ich mir gedacht«, antwortet Gilles, »wollte ich vorhin, als ich Tony nach Hause brachte, aber sie ist mal wieder nicht in unserer Wohngemeinschaft.

»Kann sie auch nicht. Sie ist hier bei mir und hilft mir wegen der vielen Gäste in der Küche.

»Soll ich sie rufen?«

»Ja, das wäre nett!«

»Gilles, du bist ein Fuchs!«

Fünf Minuten später steht Anna bei ihnen am Tisch.

Sie ist eine nette, alte, aber durchaus rüstige Frau in weißer Kochschürze. Das graue Haar ist streng nach hinten gekämmt und über einen Dutt eingerollt.

Mutter und Tochter ähneln sich sehr. Das Foto wird von ihr eingehend betrachtet. Sie dreht es um. Leise und langsam liest sie die Jahreszahl. Man sieht ihr an, dass sie sich anstrengt, eine Verbindung zu der Frau aus dem Jahr 1948 herzustellen.

»Nach dem Krieg war hier viel kaputt, doch mein Mann und ich haben den Betrieb gleich wiederaufgebaut. Vieles wurde improvisiert, auch die Pergola. Luis Rois hatte uns zum Neubau Balken aus seiner Tischlerei gebracht. Wir waren froh, nicht dafür bezahlen zu müssen. Geld war knapp. Stattdessen mussten wir ihm ein Zimmer zur Verfügung stellen. Dort kam er ab und an hin, um sich mit dieser Lady zu treffen oder einen Koffer abzustellen.

Ich glaube, dass er sie *Gerda* nannte.«

»Guda, meine Liebe. Guda hieß sie und war die geschiedene Frau von Luis. Weißt du noch, wie lange er sich bei euch eingemietet hatte?«

Anna nickt:
»Ja. Lange. Wir haben statt einer Miete jährlich Brennholz von ihm geliefert bekommen. Auch musste ich manchmal seinen feinen Anzug und seine Schuhe pflegen, die er im Schrank hatte. Sonst gab es keine Kleidungsstücke von ihm.«
»Was hast du damit getan, als du erfahren hast, dass er tot ist?«
»Oh, den Smoking, so nennt man den Anzug, glaube ich, hat mein Mann ein, zweimal getragen. Er passte ganz knapp. Was mit den Schuhen passiert ist, weiß ich jetzt nicht mehr.«

»Kam es dir nicht in den Sinn, alles Tony zu geben, der du dann ein Dach über dem Kopf gegeben hast.«

»Nein. Auf die Idee bin ich nicht gekommen. Warum? Es war Luis' anderes Leben. Ich hatte ihm mein Stillschweigen versprochen.«

»Meine Lieben, ich habe so etwas geahnt. Anna, war in dem Kleiderschrank oder in einer Schublade nicht auch ein Fotoapparat?« Nickend bestätigt sie den Fund. Leider hat sie ihn irgendwann einmal auf dem Markt gegen Fleisch eingetauscht. Nun steht sie beschämend da, bittet Gilles um Entschuldigung und verschwindet rasch mit Tränen in den Augen in der Küche. Was für ein Auftritt und viele neue Erkenntnisse.

*

Es ist Rigobert, der mit der Frage, warum sein Urgroßvater ausgerechnet hinter der Holzverkleidung seine Ersparnisse versteckt, das Gespräch wieder zu dem merkwürdigen Fundort aufnimmt.

Nach seiner Theorie ist das Versteck mit dem Schlitz als Einwurfmöglichkeit sehr geschickt gemacht. Was drin ist, bleibt auch drin. Man kann ohne größeren Aufwand nichts mehr rausnehmen. Für einen Spieler ist dies die ideale Bank, wenn man es positiv betrachten will.

Er musste folglich nur mit dem ihm jeweils zur Verfügung stehenden Betrag auskommen.

Die Reserven waren tabu.

Gewinnt man überhaupt so viel Geld im Casino? Oder kam es noch aus anderen Quellen wie dem Verkauf von Gütern?

Wie groß war zur damaligen Zeit überhaupt das gesamte

Anwesen? Existieren noch Dokumente über die Besitzverhältnisse?

Fragen, die sie alle unbedingt klären sollten.
Dazu benötigen sie jedoch Zeit.

Zunächst steht das Gespräch mit der Stadtverwaltung auf dem Programm. Sie gehen davon aus, dass ihr Testament beim Liegenschaftsamt ausreicht, um den Gutshof in den Familienbesitz übertragen zu können.

Tonny und Rigobert wollen sich in einem schriftlichen Abkommen als rechtmäßige Erben zu gleichen Teilen benennen.

Später sollen Rigoberts Söhne Lars und Jan nach Tonnys Tod dessen Anteil erben.

Doch bis dahin bleibt ihnen noch ausreichend Zeit, die sie für die Renovierung nutzen wollen.

*

Tags darauf suchen Blandine und Magnus gemeinsam mit ihrem Sohn beim Frühstück nach den Hintergründen, warum Luis so gehandelt hatte. Sie sind sich einig, dass er ein unzufriedener, eigenwilliger spielsüchtiger Lebemann war. Irgendein Ereignis, das sie bis jetzt noch nicht in Erfahrung gebracht haben, muss einen Sinneswandel bewirkt haben, ihn in den Selbstmord zu treiben, nicht ohne zuvor sein Vermächtnis zu verfassen.

Sollte er von Gewissensbissen geplagt gewesen sein? Ein körperliches Gebrechen schließen Tony und Tonny jedoch aus. Hätte er letztlich Haus und Hof verspielt? Seine Existenz? Sie werden es nie erfahren.

Es vergehen fast zwei ganze Jahre, bis der Erbantritt in trockenen Tüchern ist.

In der Tat hat die Stadt St. Vith sowohl Luis' Testament als auch das Abkommen von Tonny und Rigobert akzeptiert.

Dem Gutshof, den sie fortan gemeinsam unter dem Namen »Bois du Roi« bewirtschaften, wollen sie neuen Wind einhauchen. Luis hatte Gott sei Dank nichts von den Ländereien verkauft, sodass ihnen noch ein Areal von über 50 Hektar Wald zusteht. Dieser muss nach den vielen Jahren ohne jegliche Bewirtschaftung zwar stark durchforstet oder abgeholzt werden. Eine zusätzliche Einnahme käme ihnen gelegen. Den erheblichen Betrag an Bargeld haben die Erben mit Abschlägen in Euro umtauschen können, dennoch forderte man eine stattliche Erbschaftssteuer von ihnen. Mit dem Rest und der Unterstützung von Tonnys Mäzen ist die Sanierung der alten Bausubstanz und der Umbau in einen offenen »Künstlerhof« mit mehreren Ausstellungsräumen, Ateliers und Unterkünften ins Auge gefasst. Rigobert und seine Familie ziehen, nachdem sie kurzerhand ihr bisheriges Heim verkauft haben, in das alte Herrenhaus ein. Die Renovierung geht dank Rigoberts Baukenntnissen zügig über die Bühne.

Die Handwerker geben sich förmlich die Klinke in die Hand. Das alte, noch brauchbare Mobiliar der Familie Luis soll später einmal restauriert werden. Es findet erst einmal seinen Platz in einer der Scheunen.

Sie haben große Hürden zu überwinden, um den geplanten Eröffnungstermin am 15. August 2022 zu realisieren.

Tonny und Rigobert bekommen zur Erledigung der Formalitäten tatkräftige Unterstützung seitens der Familien. Sogar Andreas Eltern haben sich mit ihrem Wohnmobil auf dem Hof eingerichtet, um möglichst gleich zur Stelle zu sein, wenn Einkäufe getätigt, Kinder betreut oder Botengänge erledigt werden müssen. Magnus und Blandine sind vorerst bei Lulu eingezogen, bis die Fremdenzimmer im Turm fertig sind.

Den einstigen Gemüsegarten hat Blandine ganz alleine zur Wiederbelebung in Angriff gekommen. Dabei darf der eigene Garten in Bistelle jedoch nicht zu kurz kommen. Jean-Paul und Tonny bemühen sich, die Ateliers und Ausstellungsräume zu gestalten, während sich Gilles gemeinsam mit Magnus neben dem Papierkram um den Fuhrpark von Luis kümmert.

Nur Tony fehlt.

Sie stirbt einen Tag nach Weihnachten an einer Lungenentzündung. Die Beisetzung findet ganz in ihrem Sinne auf dem kleinen Friedhof neben der Kapelle statt. In einem Urnengrab direkt am Eingang findet sie ihre letzte Ruhe.

*

Rigobert hat sich ganz intensiv mit der Wiederherstellung des Tischlerbetriebs befasst. Zu gern möchte er seine handwerkliche Fähigkeit im Umgang mit Holz und seine Ausbildung als Architekt und Designer dort verwirklichen. Den alten verstaubten Geräten haucht er wieder neues Leben ein, sofern der Zustand es erlaubt. Kreissäge, Hobelbank, diverse Schraubzwingen, ein antiquierter Staubabzug sowie der große Holzofen sind ohne Reparaturen sofort einsatzfähig. Leider fehlt ihm noch eine sagenhafte Idee, was er herstellen könnte. Seine ersten Gedanken kreisen um die Restauration von Kleinmöbeln wie Stühlen, Truhen, Tischen und Regalen.

Diese Arbeit traut er sich zu, aber würde er hier genügend Aufträge bekommen?

Schließlich muss auch er seinen Teil zum Künstlerhof beitragen. Er könnte auch hübsche Rahmen für die Maler anfertigen, die hier einmal gastieren sollen. Dies kann ganz interessant werden, macht ihn aber von dem Wohlwollen der Künstler oder deren Kunden abhängig.

Ein Wink des Schicksals gibt ihm die richtige Inspiration.

Während er seinen beiden Söhnen beim Bau einer Ritterburg aus alten Pflastersteinen und Dinards Holzscheiten zuschaut, findet er seine neue Herausforderung.

Ohne länger zu warten, skizziert er auf die vor ihm liegende Zeitung seinen Einfall. In groben Linien entsteht erst eine Ritterburg, dann eine Kirche, ein Triumphbogen, eine Hängebrücke und ein Schloss. Alle Bauten sind aus den gleichen Modulen zusammengesetzt, ähnlich dem Prinzip der Lego-Steine. Nur sollen sie aus Holz sein, die mit Dübeln aufgesteckt werden. Somit sind sie zwar miteinander verbunden, dennoch beweglich und formstabil.

Er ruft Lars und Jan zu sich, um ihre Meinung zu den Wunderwerken zu erfragen. Sogleich erkennen sie die Bauwerke . Mit einfachen Holzbausteinen spielen die beiden schon lange nicht mehr, aber mit speziellen Formsteinen wäre es eine fantasievolle Herausforderung. Mit Liebe zum Detail erklärt Rigobert den beiden das System. Insgesamt zwölf verschiedene Modelle in drei unterschiedlichen Größen passen perfekt zueinander.

Gleich morgen möchten sie mit der Anfertigung der ersten Prototypen beginnen. Nur mit Mühe und List kann Rigobert die Jungs davon abhalten, nicht gleich in die Schreinerei zu laufen, um irgendwelche Bretter aus dem Stapel zu ziehen, die sie erst vor wenigen Tagen aus dem rückseitigen Trockenlager hervorgeholt haben. Das laute Geschrei der Jungs bekommen beide Großelternpaare und Andrea mit.

Von allen Seiten laufen sie herbei und erkundigen sich in völligem Durcheinander, worum es geht.

Mit der Hand abwehrend, erklärt Rigobert der Familie seine Entwürfe. Anschließend herrscht Grabesstille. Magnus klopft seinem Sohn mit den Worten »Ich helfe dir dabei, wenn du mich zusätzlich zu deinen Jungs brauchst« auf die Schulter.

»Das ist eine gute Idee, die aber noch reifen muss.«

»Genau«, schallt es aus den Mündern der anderen.

Sie brauchen nicht nur die Modelle, sondern auch einen sehr, sehr guten Businessplan und gute Kontakte, um solch ein Mammutprojekt umzusetzen.

Rigobert und Tonny verbringen viele Nächte in der Schreinerei, um die Baupläne des Tagwerks auszubilden.

Mit ihren geschickten Händen entstehen die kleinformatigen Holzteile.

Sie werden nach der Planvorgabe durchnummeriert und bezeichnet.

Jedes Bauwerk erhält seinen ganz besonderen Namen.

So der *l'Arc de Triomphe, la chapelle de mon pere, le petit chateau, le grand casino, le pont de liege, la tour de television und le gratte-ciel du mon reve.*

Verpackt werden die einzelnen Bauwerke in kleine passgenaue Holzkisten mit einem Deckel zum Aufschieben. Eine bebilderte Bauanleitung, die ebenfalls selbst entworfen und kopiert ist, liegt bei.

Die kleine Firma *Bois du Rois* möchte ihre Baukonzepte gerne in die Welt hinaustragen. Es stellt sich mal wieder, wie schon so oft, die Frage: wie anstellen? Klar, ein guter Internetauftritt könnte eine erste und einfache Möglichkeit sein. Einen Versuch ist es auf jeden Fall wert. Gibt es nicht noch mehr Möglichkeiten, sich zu präsentieren? Die Familie sitzt rund um den großen Holztisch in Blandines neu gestaltetem Gartenparadies. Man schleckt Andreas selbst gemachtes Fruchteis und bespricht die Sachlage. Zum einen geht es darum, welche weiteren Aktivitäten sie ihren zahlenden Gästen ermöglichen können, zum anderen auch um die Vermarktung der Bauklötze.

Jean-Paul fühlt sich schon lange nicht mehr als Freund des Hauses, nein, er ist ein Teil dieser eigenartigen Familie geworden. Auch Gilles ist voll integriert, obwohl auch er kein Verwandter ist. Gerne nimmt er den Platz als *l'arrie-re-grand-pere*, Urgroßvater, ein. Die Kinder lieben es, wenn er Geschichten von Räubern und Banditen erzählt.

Zum Teil entsprechen sie sogar der Wahrheit.

Der ehemalige Kommissar ist ein Meister, wenn er Tatsachen mit eigener Fantasie in Einklang bringen kann. Rigobert schlägt vor, die Serien der Bauklötze bei Facebook einzustellen, und dann auf die Resonanz zu warten. Sie müssen nur Geduld haben. Irgendwann wird sich schon der ein oder andere dafür interessieren. Der Vorschlag findet allgemeine Zustimmung. Andrea will gleich morgen damit ans Werk gehen. Fotos der außergewöhnlichen Bauwerke haben sie mittlerweile in Hülle und Fülle. Um ihren Pensionsgästen mehr als nur Ruhe und Natur anbieten zu können, kommen von Andreas Eltern Vorschläge. Diese sind nicht übel. Man könnte zusätzlich unter der Woche Malworkshops für Kinder anbieten und an dem ein oder anderen Wochenende ein Seminar über das Thema »Gesundes aus Blandines Kräutergarten«. Generell wäre es eine Überlegung wert, mehr Veranstaltungen im Sommer im Freien und zu den anderen Jahreszeiten diverse Vernissagen in den Räumlichkeiten zu machen.

Die ersten Kunstausstellungen haben durchaus positive Ergebnisse gebracht.

»Wir müssen unseren Künstlerhof überregional bekannt machen. Dazu bedienen wir uns bei Facebook mit einem Werbeblock und eventuell einem Account bei Instagram «, schlägt Tonny vor.

Zustimmung bekommt er von allen Seiten.

Doch dazu benötigen sie gute werbewirksame, professionelle Fotos. Keine mal gerade so geschossenen Aufnahmen.

»Wie sollen wir das machen?«, fragt Magnus.

»Die große Lösung wäre, eine Agentur zu beauftragen oder ...«

»Oder was?«, wird Tonny abermals von Magnus unterbrochen.

»Wir machen die kleine Lösung, indem wir *Anne* damit beauftragen.«

Drei Worte schallen aus allen Mündern:

»Wer ist *Anne*?«

*

Eine Woche später. Tonny hat sich sichtlich herausgeputzt. Kein Dreitagebart, der zarte Duft eines edlen Rasierwassers umschmeichelt ihn. Er steckt in schönen hellbraunen Leinenschuhen, die er sich zusammen mit einem rosafarbenen Leinenhemd und Bermudashorts in Dunkelblau neu gekauft hat.

Im ersten Innenhof der Anlage lehnt er an einer der dicken Buchen und fächert sich mit dem geliebten, aber alten Panamahut kühle Luft zu. Er wartet auf *Anne*. Seine Gedanken hängen dem vergangenen Sonntag nach, als er im Gespräch mit der Familie zum ersten Mal *Anne* erwähnt hat. Die Gelegenheit war einfach ideal gewesen.

Diese Frau hat ihn so magisch angezogen wie noch nie eine zuvor in seinem ganzen Leben. Dabei hatte er viele Bekanntschaften, aber keine war so wie *Anne*.

Er hat sie auf einer Internetplattform für Singles über sechzig Jahre kennengelernt.

Zuerst war es pure Neugierde auf Personen, die dort Gesellschaft suchten.

Dann hat er auf einmal jene Frau gesehen, die mit einem verschmitzten Kinderlächeln, ohne Scheu fotografiert wurde. Die brünetten, nach oben gesteckten Haare, die bläuliche Sonnenbrille auf der Nasenspitze, stahlblaue Augen mit leichtem Lidstrich, und das bunte Cocktailkleid zwangen ihn förmlich, mit ihr in Kontakt zu treten. Erstaunlicherweise hat Anne kein Pseudonym verwendet, sondern ganz ehrlich ihren vollen Namen und sonstige sehr private Daten außer ihrer Adresse preisgegeben.

Verwitwet, sechsundsechzig Jahre alt, keine Kinder, ehemalige selbstständige Fotografin, leidenschaftliche Köchin, liebt stundenlange Spaziergänge, mag Hunde und Katzen, obwohl sie keine Tiere besitzt, hört heute noch die Musik aus den 70er und 80er Jahren, und das ziemlich laut.

Ein wenig interessiert sie sich für alte Gemäuer, aber mehr für die Geschichten, die dahinterstecken, aber auch für die bildenden Künste.

Der erste Kontakt liegt nun gut fünf Monate zurück. Erst haben sie nur über den Chatroom kommuniziert und sich vor genau drei Wochen das erste Mal in Stavelot getroffen.

Ein Wochenende haben Sie dort ganz zwanglos verbracht. Danach gab es nächtliche, stundenlange Telefonate.

Und nun erwartet Tonny seine Herzdame hier auf seinem Hof.

Er hat sozusagen einen Narren an dieser Frau gefressen. Außerdem plagt ihn die Tatsache, dass er nicht mehr der Jüngste ist, um nicht doch noch die Partnerin fürs restliche Leben zu finden.

Spät, aber noch nicht zu spät.

Sein Blick ist starr auf die Toreinfahrt gerichtet.

Sie wird den Gutshof nach seiner Beschreibung doch finden? Gerade als er nach vorne zur Landstraße gehen will, hört er, wie sich ein Motorengeräusch nähert. Sie scheint tatsächlich zu kommen. Spiegelndes Glas blendet ihn so sehr, dass er die Person und den Wagen im Moment gar nicht sieht. Breitbeinig stellt er sich im Hof auf und wedelt mit dem Hut.

Ein dunkler, kleiner Kastenwagen kommt direkt vor ihm zum Stehen.

Die Fahrertür öffnet sich erst einen Spalt, dann ganz. Tonny entdeckt zunächst nur das Paar hübsche nackte Frauenfüße. Sie werden sofort beim Berühren des durch die Sonne aufgeheizten Kopfsteinpflasters, mit einem »Autsch, tres chaud«, wieder angezogen.

Das ist wirklich Anne, denkt er, während er zur Autotür geht. Sie sitzt mit dem Körper zur Tür gedreht da.

Anstatt sie zu begrüßen, stößt er nur »Hast du keine Schuhe?« hervor. Sofort bereut er seine spontanen Worte.

So empfängt man keine Dame.

Also Kommando zurück.

»Schön, dass du da bist. Hast du den Weg gut gefunden?«, spricht er leise bei der liebevollen Umarmung, während Anne noch im Auto sitzt.

»Ja, natürlich, ist doch mit Navi heutzutage gar kein Problem mehr. Mit hohen Absätzen Auto fahren schon. Das geht einfach nicht. Deshalb habe ich meine Schuhe ausgezogen. Ich wollte dir jetzt einfach nur schnell in die Arme fallen, aber mit den heißen Steinen habe ich nicht gerechnet. Wie dumm von mir.«

»Nimm deine Schuhe in die Hand, ich werde dich tragen. Was ist das eigentlich für ein Wagen mit luxemburgischem Kennzeichen? Du wohnst doch in Malscheid. Das liegt in Belgien.«

»Ja. Richtig, das Auto gehört meinem Bruder. Ich musste meinen Audi TT notgedrungen gestern in die Werkstatt bringen. Ein elektronischer Fehler zeigt das Display an. Nun suchen die Werkstattleute danach. Ich wollte unser Treffen aber nicht absagen. Bernhard war dann so lieb, mir einen Firmenwagen zur Verfügung zu stellen. Er arbeitet direkt hinter der Grenze in Luxemburg.«

»Aah, guter Bruder, lieber Bruder, der um das Wohl seiner Schwester besorgt ist.«

»Mmh, kleines Brüderchen mit großem Herz. Kennt nur seine Arbeit. Er hat keine Familie, aber mich.«

Anne, im weißen Leinen-Overall mit einem Haarband

in Leopardenfell-Optik und ihrer geliebten blauen Sonnenbrille lässt sie sich von Gentleman Tonny die wenigen Meter in den zweiten Innenhof tragen. Zärtlich legt sie ihre Arme um seinen Hals.

Der Duft seines Rasierwassers zeigt seine Wirkung.

»Das ist *La Nuit de l'homme, von Yves Saint Laurent*«, merkt sie an.

»Auf unsere letzte gemeinsame Reise besuchten mein Mann und ich sein Haus in *Marrakesch*. Man nennt es auch die *Blaue Oase*. Ursprünglich gehörte die Villa dem französischen Maler *Jacques Majorelle*, der eine Vorliebe für Pflanzen und islamische Gartenarchitektur hatte. Dies sieht man heute noch mehr als siebzig Jahre später dank Denkmalpflege. Wasserläufe, Seerosenteich, Brunnen mit geometrischen Achsen, Podeste, Terracottatöpfen und Pergolen sind in leuchtendem Kobaltblau bemalt und mit kleinen Mosaiken verziert. Angesichts des Alters des Gartens geben die mächtigen Bäume ein Wechselspiel von Licht und Schatten.

Es ist eine unbeschreibliche Dramaturgie, die Heerscharen von Besuchern anlockt. Dort lebte *Yves-Saint Laurant* mit seinem Lebenspartner *Pierre Berge* bis zu seinem Tod. Die beiden haben dem Anwesen in vielen Jahrzehnte stets die Üppigkeit durch Yuccas, Aloe und andere Sukkulenten ergänzt. Heute ist es eins der zahlreichen Museen.

Laurents Mode konnte ich mir nie leisten, aber ab und an ein Teil aus der Make-up-Serie schon.«

»Dann habe ich mit *La Nuit de l'homme* deinen Geschmack getroffen?«

Anne nickt und bedankt sich mit einem zarten, schüchternen Küsschen auf seine Wange. Ferner kann sie sich nicht verkneifen, die Konturen seines mit Bart-Wichse gefestigten Schnauzers mit Zeigefinger und Daumen nachzuziehen.

Die Großfamilie hat sich zum Brunch bereits versammelt. Wie immer ist in dieser Runde ein großes Stimmengewirr zu vernehmen. Tonny, mit Anne auf den Armen, sorgt für abrupte Stille.

Alle Augen sind auf die beiden gerichtet.

Behutsam lässt Tonny Anne auf den Boden sinken. Mit großer Geste stellt er ihr die Stilettos auf dem Boden zurecht, sodass sie, sich an seiner Hand stützend, eintreten kann. Unkompliziert, wie Tonny ist, stellt er sie mit den Worten:
»Das ist *Anne Jakob*, meine …«

Blandine geht mit offenen Armen auf die schlanke Frau zu und begrüßt sie: »Herzlich willkommen in einer mehr oder weniger chaotischen Patchworkfamilie. Wir haben Sie mit Spannung erwartet. Tonny hat leider bis vergangene Woche ein großes Geheimnis aus Ihnen gemacht. Jetzt ist es Zeit, Sie bei gutem Essen und Wein kennenzulernen. Nicht wahr?«

Es ist außer Frage, dass Anne hier gut aufgenommen wird. Sie ist zwar den Trubel nicht gewohnt, schlägt sich aber wacker, bis Tonny am Nachmittag anmerkt, endlich das Fotoshooting in der Werkstatt in Angriff zu nehmen.

Dort seien bereits alle zu fotografierenden Modelle der Holzbausteine aufgebaut. Anne sei auch noch zum Arbeiten gekommen. Gesagt, getan. Zunächst lässt sich Anne von Rigobert alle kleinen Bauten genauestens erklären.

Dann prüft sie Lichtverhältnisse und Positionierung.

Währenddessen holen Tonny, Magnus, Jean-Paul, Gilles mit tatkräftiger Unterstützung der Zwillinge und deren Bollerwagen Annes Equipment aus dem Auto.

Es ist gut, dass sie das Auto ihres Bruders nehmen kann. Die Fotoausrüstung passt in vollem Umfang nicht in einen Sportwagen. Ein komplettes Fotostudio wird von den Männer in die Werkstatt geschleppt.

Als der Kastenwagen leer geräumt ist, entdeckt Tonny einen hölzernen Koffer hinter dem Fahrersitz. Dieser zählt bestimmt nicht zu Annes Ausstattung, denkt er. Alle Gegenstände der Fotografin sind in leichten Alukoffern oder in riesigen, schwarzen Folientaschen, die kein Staubkörnchen durchlassen, verstaut. Eine Holzkiste passt ganz und gar nicht in das Konzept.

Nein, neugierig ist er überhaupt nicht.

Dennoch zieht er den Gegenstand zu sich heran und öffnet ihn.

Er muss wohl Annes Bruder gehören. Der Inhalt gehört keineswegs einem Fotografen, weshalb er ihn wieder verschließt und an seinen Platz zurückschiebt. Vorerst will er nicht darüber reden.

*

Anne versteht ihr Handwerk und das Dirigieren ihrer »Helfer«.

»Tonny, neige den Scheinwerfer etwas näher zum Objekt. Jean-Paul, dreh den Reflektor zu mir um, .Gilles, bitte pinsele noch einmal die kleinen Staubkörnchen von den Holzsteinen. Die sieht man sonst bei der Makroaufnahme. Rig, verdunkle besser doch die Fenster, ich habe sonst zu viel ungewollten Lichteinfall und du, Magnus, baust noch eine Rückwand aus schwarzem Samt. Er steckt in der Seitentasche des großen Sacks hier.«

Es dauert Stunden, bis alles im Kasten ist. Immer wieder begutachtet Anne die Aufnahmen direkt im Anschluss auf dem Display des Fotoapparates und auf dem PC. Manches Mal nickt sie nur und beginnt mit dem nächsten Motiv. Dann wieder löscht sie ein Bild und wiederholt die Prozedur.

Zum Schluss sind Aufnahmen der Werkstatt, des Teams und der ganzen Familie an der Reihe. Dann erst gibt sich Anne zufrieden. Wieder haben die Frauen des Gutshofs die Tafel reichlich gedeckt und bitten, Platz zu nehmen.

Zuvor möchte Anne noch alle Gegenstände wieder im Wagen verstauen. Geschäftig setzen die Männer diese Aufgabe um. Mit Tonny alleine schließt sie das Auto ab.

Dieser nimmt die Gelegenheit wahr, sie nach dem Inhalt des Holzkoffers zu fragen.

»Ich habe vorhin beim Ausladen diese Kiste erwischt, die dort hinter dem Sitz steht.«

»Oh, das ist mal wieder typisch Bernhard. Ich wollte ein leeres Auto haben. Hat er mal wieder etwas drin liegen lassen? Eigentlich stört sie nicht. Ich habe auch so alles unterbringen können.«

»Nein, das meine ich nicht. Ich habe das Teil hervorgezogen, weil ich dachte, dass es dir gehöre, doch dann habe ich bemerkt, dass es viel zu schwer und unhandlich für dich ist. Zur Sicherheit öffnete ich es und war über den Inhalt überrascht.«

»Wieso? Sind dort Diamanten, Rauschgift oder sogar Schwarzgeld drin?«

»Dieses Vergnügen bescherte mir bereits mein Vater. Nein, es sind, Maßband, Feile, Hobel, Fuchsschwanzsäge, kleine Schraubzwingen, Zangen, Schraubendreher, Schleifpapier, Schrauben und Nagelstifte in Hülle und Fülle drin.«

»Klar, was wohl sonst? Habe ich dir noch nicht erzählt, dass mein Bruder im Ladenbau tätig ist?«

»Nein.«

»Es ist so, dass er vor etlichen Jahren von seinem einstigen Chef das Angebot bekam, die Ladenbaufirma in Luxemburg zu übernehmen. Es gab keinen familiären Nachfolger. Die Schreinerei mit acht Angestellten hätte man sonst geschlossen. Mein Bruder zögerte erst, besann sich dann aber und wagte gemeinsam mit der alten Belegschaft den mächtigen Schritt. Die notwendigen Voraussetzungen für eine Betriebsübernahme hatte er. Auch verlangte man keine allzu hohe Ablösesumme und er bekam den ganzen Kundenstamm dazu. Es sind vorwiegend kleine Lädchen, die durch eine individuelle Einrichtung eine besondere Atmosphäre wahren wollen. Ab und an muss dort mal etwas nachgearbeitet werden. Deshalb steht der Koffer im Auto.«

»Das klingt sehr interessant. Ich würde auch deinen Bruder gerne mal kennenlernen. Mir kommt gerade die Idee, dass man vielleicht zusammenarbeiten kann, wenn unsere »Bois du Roi«-Bausteine doch Absatz finden würden. Meinst du nicht? Das wäre fantastisch. Unsere Handarbeit wird auf Dauer zu teuer werden. Eine Ladenbaufirma ist mit Sicherheit technisch besser ausgestattet. Vielleicht auch für Bernhard ein zusätzliches Standbein.«

»Das könnte ich mir gut vorstellen. Er ist ein Workaholic. Ich rede mit ihm. Versprochen.«

*

Anne hat Tonny und ihren Bruder vier Wochen später zu sich nach Hause eingeladen. Die Idee, eventuell die Fabrikation auszulagern, findet bei Tonnys Familie regen Zuspruch, zumal erste Anfragen über die sozialen Netzwerke eingegangen sind.

Noch können sie die Abwicklung und Ausführung alleine stemmen, doch sollten sie auch eine Perspektive haben.

Das Gespräch bezüglich der Zusammenarbeit hat Anne geschickt eingefädelt. Sie prahlt vor Tonny über die eigens

für sie entworfenen Einbauschränke in ihrer Eigentums-
wohnung. Dass diese das Werk ihres Bruders sind, betont
sie besonders. Schon ist erstmals oberflächlich eine Verbindung hergestellt.

Die beiden Männer verstehen sich auf Anhieb. Die Konversation dreht sich fast nur noch um Holz und die Kunst,
daraus etwas anzufertigen. Anne ist irgendwie abgemeldet.
Ihre Aufgabe ist an diesem Tag, nur noch die beiden Herren
zu verpflegen.

Schließlich sagt sie: »Ihr habt nun so viel geredet, nun lasst
uns Bernhards Schreinerei besichtigen. Es sind ja nur wenige Kilometer bis dorthin.«

Dies lassen sich die beiden nicht zweimal sagen. Bernhard fährt in seinem schwarzen Fiat Doblò vor. Tonny und
Anne folgen ihm auf dem Motorrad. Es ist das erste Mal,
dass Anne auf einer Maschine sitzt. Es kostet sie schon
etwas Überwindung, aufzusteigen. Was macht man nicht
alles aus Zuneigung?

Die acht Kilometer über die menschenleere Straße sind
schnell gefahren.

Auch hier befindet sich sehr, sehr viel Natur. Nur wenige
Häuser stehen vereinzelt auf sanften Hügeln. An den einstigen Grenzübergang erinnert nur noch, wie überall in der
Europäischen Union, ein Willkommensschild *Bienvenue
en Luxembourg*.

Noch eine kleine Rechtskurve, dann haben sie ihr Ziel er-
reicht. Gleich am Ortsanfang auf der rechten Straßenseite

befindet sich die Schreinerei, eine flache lange, hellbeige Halle mit Lichtbändern direkt unter dem Dach, großem Edelstahl-Schornstein und überdurchschnittlich großen Lüftungsschächten mit Ventilatoren. Auf ein Firmenschild hat man verzichtet, lediglich an der Tür neben dem Rolltor befindet sich ein Hinweisschildchen *Menuiserie Barth & Jakob*.

Hier sind die Büroräume. Sie sind durch dicke grünliche Glasscheiben von der eigentlichen Werkshalle getrennt. Bernhard führt seine Besucher durch die *heiligen Gemächer*. Vor einer gigantischen Bandsäge bleibt er stehen.

»Das ist das Herz der Schreinerei, unsere computergesteuerte Schablonensäge, die neueste Errungenschaft, um in wenigen Minuten aus einer einfachen Bauplatte vorab geplante Teile ausschneiden zu können. Die Maschine haben wir erst vor wenigen Tagen in Betrieb genommen. Die Software ließ auf sich warten. Wollt ihr sie mal in Aktion sehen?«

»Selbstverständlich, keine Frage, wenn das jetzt möglich ist«, antwortet Tonny mit wechselnden Blicken von den seitlich gelagerten Holzplatten zur Säge und zurück.

»Einen Moment müsst ihr mir noch geben. Ich fahre den Rechner soeben hoch, dann überspiele ich ein Passable, so sagen wir in der Fachsprache, und dann werdet ihr ins Staunen kommen. Hier, setzt euch bitte die Ohrenschützer und Schutzbrillen auf. Es wird etwas laut und leichtes Sägemehl kann erst noch durch die Luft wirbeln, bis der Absorber seine volle Leistung bringt. Vorsicht ist Vorschrift.«

Ein leises Pfeifen, ein stumpfes *Blubb*, das Einrasten einer

Justierung, gefolgt von drei zarten Pieptönen lassen Tonny und Anne erstarren.

Dann beginnt der Verarbeitungsprozess.

Ein Greifarm, der bislang unsichtbar unter der gewaltigen Arbeitsplatte der Säge ruhte, streckt sich aus und nimmt locker mit seinem Sauger eine zwei mal vier Meter große und eineinhalb Zentimeter starke Bauplatte von dem seitlichen Stapel.
  Diese schiebt sich wie von Geisterhand unter das senkrecht stehende Sägeblatt.

Auf ein »Tut tut« hin beginnen sich fünf Sekunden später sowohl die Säge als auch die Holzplatte zu bewegen.
  Es hat den Anschein, als würden sie im Duett tanzen. Mal schiebt sich die Platte ein Stückchen nach vorne, es wird kurz gesägt, dann geht es wieder rückwärts oder gedreht in eine andere Position.

Fasziniert, mit offenen Mündern, ohne einen Ton zu sagen, stehen Tonny und Anne in gehörigem Abstand da. Solch ein Schauspiel haben sie nicht erwartet.

Mit einem weiteren »Piep, piep, blupp« ist das Schauspiel zu Ende.
  Der Arm verschwindet, die Ausgangsposition wird wieder eingenommen.
  Die Arbeit ist nach zehn Minuten erledigt.

Das Ergebnis liegt auf der Arbeitsplatte der Säge.

Aus acht Quadratmeter Holzbauplatte sind fünfundzwanzig Stücke mit den Maßen achtzig mal vierzig Zentimeter ausgeschnitten worden.

Bernhard nimmt stolz die Teile auf und übergibt sie Tonny: »Hier, der Anfang ist gemacht. Ich kann jedes beliebige Maß, jede Form, ob rund, eckig, oval, elliptisch, vorgeben. Unser *Paulchen* hier, er tippt auf die Säge, rechnet zuvor den günstigsten Verschnitt aus, bevor er mit der eigentlichen Arbeit beginnt. Genial, oder?

So sind wir in der Lage, materialsparend und zeiteffizient zu arbeiten.

Wir müssen nur ausgelastet sein.«

»Das habe ich nicht erwartet. Ich sehe optimistisch in die Zukunft für eine gute Zusammenarbeit.

Allein der Duft nach diesem Sägemehl gibt mir ein gutes Bauchgefühl dafür.«

»Nachschlag

Mein Werk ist vollbracht.

Inzwischen naht der Frühling.

Ich fühle mich so stark,
dass ich Bäume ausreißen könnte.

Vielleicht doch keine,

eher Sträucher.

Oder lieber kleine Büsche.

Gras wäre gut.

Gras geht,

aber nur das kleine.